DREAMBOOKS

독공의
대가

壽功大家

권이백 신무협 장편소설

ORIENTAL FANTASY STORY & ADVENTURE

dream
books
드림북스

독공의 대가 1

초판 1쇄 인쇄 / 2014년 9월 23일
초판 1쇄 발행 / 2014년 9월 30일

지은이 / 권이백

발행인 / 오영배
책임편집 / 편집부
펴낸 곳 / (주)삼양출판사 · 드림북스

주소 / 서울특별시 강북구 솔샘로67길 92
대표 전화 / 02-980-2112 팩스 / 02-983-0660
편집부 전화 / 02-980-2116 팩스 / 02-983-8201
블로그 / blog.naver.com/dreambookss

등록번호 / 제9-00046호
등록일자 / 1999년 3월 11일

ISBN 979-11-313-0127-2 (04810) / 979-11-313-0126-5 (세트)

* 지은이와 협의하에 인지는 생략합니다.
* 잘못된 책은 구입한 곳에서 바꾸어 드립니다.

이 도서의 국립중앙도서관 출판시도서목록(CIP)은 서지정보유통지원시스템홈페이지
(http://seoji.nl.go.kr)와 국가자료공동목록시스템(http://www.nl.go.kr/kolisnet)에서
이용하실 수 있습니다. (CIP제어번호: 2014027454)

毒功大家

독공의
대가

1

권이백 신무협 장편소설

ORIENTAL FANTASY STORY & ADVENTURE

dream
books
드림북스

독공의 대가

壽功大家

목차

서장

"그래서 누구시라구요?"

—이놈! 그런 돼먹지 않은 태도로 본좌의 이야기를 들으려 하는 게냐!

골이 울리네.

"아니. 그러니까 들어드리고 있잖아요. 그러니 말씀 하시라구요."

—이 고얀 놈!

"고얀이든 고양이든 아무래도 좋으니까……."

내 이름은 왕정으로, 지금 나이는 열여섯 살이나 먹었다. 열여섯 살이면 이제 어른 대접 받을 그런 나이지만, 딱히

나는 어른 대접 받고 살지는 않는다.

가진 거 아무것도 없는 사냥꾼.

그게 나이니까.

나에게도 가족이 있었다.

어머니, 아버지, 그리고 두 명의 형. 하지만 지금은 나 혼자.

슬프게도 내 가족 모두 전염병으로 죽었다. 운이 좋은 것인지 나쁜 것인지 가족 중에 나만이 살아남았다.

아버지는 사냥꾼이셨다. 어렸을 적부터 활 쏘는 법에서 덫 만드는 것까지 다양한 것들을 아버지께 배웠었다.

다행히 나는 소질이 있었다.

덕분에 혼자가 된 후에도 그럭저럭 동물들을 사냥하면서 먹고 살아갈 만은 했다. 다만, 본래 고향을 떠나서 다른 마을로 갈 수밖에 없었다.

전염병 때문에 내가 살던 고향의 사람들 거의 태반이 죽었으니까. 어쩔 수 없는 일이랄까.

그래도 지금은 자리 좀 잡고 그럭저럭 먹고 사는 사냥꾼이 되긴 했다.

활 잘 쏘고, 덫도 잘 놓고.

그게 내 일상이었다. 어제와 다르지 않은, 오늘도 같은 일상.

그 일상에 변화가 생겼다.

*　　　*　　　*

―네놈. 이딴 하찮은 일만 하지 말고 배우라니까?

"싫다니까요?"

이 작자는 내 머리에 들어와서는 매일 이런 식이다.

자신이 독존황인지 독존왕인지 모를 고수라는데, 매일같이 우기기로는 자신의 무공을 배우면 자기가 그랬듯이 천하제일의 고수가 될 수 있단다.

별의별 말로 나를 꼬드기려 드는데 아주 마귀가 따로 없을 정도다. 그 왜 있지 않냐. 사람의 탐욕을 조종해서 지욕심을 채운다는 마귀!

배울 생각이 하나도 없다는데 매일같이 이렇다.

―천하의 고수가 되면 네 꿈도 이룰 수 있다!

"내 꿈요?"

그리고 결국 그 마귀 놈이 나를 아주 조금 유혹하는 데 성공하긴 했다.

―그래. 네 꿈! 네 말마따나 한 재산 모아서 예쁜 색시랑 짝짜꿍하는 것이 꿈이라고 하지 않았느냐!

"뭐 그건 그렇지만……."

무공을 익힌다고 그게 되나?

사냥감을 팔러 마을을 가 보면 무인이라는 놈이 득시글대긴 한다. 검이든 뭐든 허리 한 춤에 차서는 거들먹거리는 자식들.

하는 짓은 파락호 놈들과 다를 바가 없는데, 사람들은 파락호보다도 무림인들을 더 무서워한다. 아니, 질색한다고나 할까나?

'하기야 파락호랑 다를 것도 없지.'

얼마 되지도 않는 상인들 돈이나 뜯어가면서 대단한 사람인 양 행세하니까.

문파인가 뭔가에 소속되어 있다는데, 하는 짓이라고는 매일 무기 좀 휘두르고 거들먹거리는 게 다잖아?

그러면서 지들끼리는 누가 강호 십대 고수고 백대 고수이니 하면서 객잔에서 떠들어대는데 아무리 봐도 꼴불견들이다.

나보고 그런 놈들이 되라고?

"별로 안 땡기는데요? 사냥감으로 돈 버는 게 더 나아요. 그렇게 거들먹거려서 상인들 돈 뜯어봐야 어여쁜 색시가 오기나 하겠어요?"

돈은 벌어도 어여쁜 색시 구하기는 힘들지!

나는 돈 보고 시집오는 여자보다는, 나를 보고 시집오는 여자가 좋다고. 상인들 돈이나 뺏으면서 거들먹거리는 놈한테 시집오는 여자야 뻔하잖아?

필요 없다. 그딴 색시. 그딴 무공.

—네, 네 이놈! 내 무공을 그런 삼류들에 비교하는 거냐? 앙?

내 말에 화가 났는지 독존황인지 뭐시기가 크게 화를 낸다. 무인을 무시하는 것은 자신을 무시하는 거라 여기는 거겠지.

이것도 병이다. 병. 무림인이 대체 뭐가 좋은지 모르겠다.

이렇게 되면 나도 비장의 한 수가 있지.

"거 참. 성질 죽이래도요. 자꾸 그러면 나 아무 말도 안 할 겁니다?"

—네, 네놈!

"저 원래 혼자 살던 놈입니다? 앙? 자꾸 그러면 무슨 말을 하든 안 들어 줄 거라고요."

—도, 독한 놈.

독존황이란 이자도 처음에는 안 이랬다.

하지만 사람이면 누구나 그렇듯 이 양반도 외로움이 크긴 큰가 보다. 이름에 독존이란 말이 들어가 있는데도 말이지.

하기야 그 독(獨)이 그 독(毒)은 아니니까.

자칭 독존황이라는 뭐시기도 내가 답도 안 해주고 묵묵부답으로 있으면 안절부절 참지를 못하기 때문이다.

나란 놈이야 어렸을 때에 가족도 잃고 혼자 살다 보니 하루에 한 마디도 안하는 게 익숙하기야 하다지만,

내 머리 안에 있는 독존황은 그게 아닌 듯했다.

—네 머릿속에서 가만히 네가 하는 것만 보는 게 얼마나 힘든지 아느냐? 앙? 나도 처음에는 원래 안 이랬다고!

"그래요. 그래."

—아무것도 하지 못하는 나한테 말하는 것은 가장 큰 축복이란 말이다!

"휴우……."

매번 이런 식이다. 이런 식!

지긋지긋하지만 어쩌겠냐. 하기야 독존황 말마따나 할 수 있는 게 말밖에 없다면 답답하긴 할 거다.

그런 말이라도 들어 주지 않으면 꽤 슬플 거고.

"속 넓은 제가 이해해 줘야지 뭐 어쩌겠어요? 자자, 사냥이나 하자고요."

—크윽, 내 하필 이런 놈에 빙의가 되어 가지고는. 차라리 삼류 무가의 자손이면 이러지는 않았을 것을.

"네이. 네이. 가자고요."

그렇게 나는 그와의 동거에 제법 적응해 나가고 있었다.

* * *

"크, 크흑."

젠장할. 내가 무슨 이런 초보적인 실수를. 나이 열여섯이
라지만 어지간한 초보 사냥꾼들보다 나은 게 나이거늘.

사슴 한 마리 잡겠다고 주변을 신경 쓰지 못한 게 화근이
었다.

쉬이이익. 쉬익.

나에게 독이라는 큰 선물을 선사해 준 독사는 자기 뜻대
로 된 것에 만족했는지, 내 발목을 물고는 그대로 물러난
다.

"제, 제길……."

머리가 아득해진다. 곧이어 새카맣게 변하는 시야에 이
대로 꼼짝없이 죽는 건가 싶을 때였다.

머릿속에서 목소리가 울려 퍼졌다.

―그러니까 내 독공을 배웠으면 고작해야 저런 하급 뱀
독에 당할 리가 없잖느냐!

"크흑, 이, 이런 때도 그런 소……리 입니까……."

그놈의 무공. 당장에 뱀독에 죽게 생겼는데도 또 같은 소

리다. 대체 무공이 뭐가 그리 좋아서 귀신이 돼서도 미쳐 있는지를 모르겠다.

제, 젠장할…….

주변에 뭐라도 없나? 이 독을 잠시 중화시킬 약초라도……. 아버지에게 배운 것들 중에 하나라도 써먹어 봐야지.

본래 독사 옆에는 약초 하나쯤은 있다고.

나는 하체에서부터 시작되는 마비가 점차 올라오는 와중에서도 얕은 지식이나마 써보려고 주변을 두리번거려 봤다.

'사, 살아야 돼.'

혼자밖에 남지 않은 모진 목숨, 어떻게든 이어보려고 해보는 마지막 노력이다.

제 젠장할.

눈에 보이는 것은 내 기척을 눈치채고 도망치는 사슴 하나. 그리고 귀한 듯 보이지만 사실은.

"도, 독초잖아……. 젠……장."

보기만 해도 피하는 독초 하나. 이름이 만혈초(萬血草)였던가.

먹기만 하면 몸에 있는 구멍이란 구멍에서 피가 질질 새어 나온다고 해서 말이지.

'마비돼서 죽는 것보다는 한 방에 피 토하고 죽는 게 낫다는 하늘의 선물이냐?'

그때. 독존황이라는 자가 안 그래도 울리는 골에다가 더 강한 울림을 더해준다.

—저거다. 저걸 먹어!

"도, 독……."

—그래, 독이니까 먹으라고!

"주, 죽……."

끝까지 말하지 않았음에도 용케 그 뒷말은 이해한다.

—안 죽어! 먹으란 말이다! 그리고 먹고 나서는 내가 말하는 대로 참오해. 만독이란 결국 하나로부터 나왔으니 세상 모든 것이…….

저건 뭔가 있는 언어다.

아니, 뭔가의 의미를 내포하고 있는 거다.

무공인지 뭐시기인지를 제대로 알지 못하는 나지만, 그가 참오하라며 말하는 구절에는 내 머리로 박혀 드는 뭔가가 있었다.

"크, 크흑."

허리까지 마비된 몸을 두 팔로 겨우 겨우 이끌어 갔다. 일 장도 안 되는 거리건만 꽤나 많은 시간이 걸리는 느낌이었다.

조금만 더 시간이 지나면 온몸이 마비될 것 같은 느낌.

으직. 으직.

나는 더 기다릴 것도 없다는 듯이 만혈초(萬血草)를 씹어 삼켰다.

'시벌, 어차피 온몸에서 피를 토하며 죽으나 마비돼서 뒈지나 그게 그거지.'

나는 혼자다. 나 죽어봐야 슬퍼할 사람도 없고. 장례를 치러줄 사람도 없다.

어차피 죽을지 말지 모르는 판국에 죽은 사람 소원하나 라도 들어주면 좋은 거잖아? 그 독공인지 뭐시기인지라도 마지막에 참오해 주자고.

—내가 누누이 말한 임맥과 독맥은 알고 있겠지?

알아요. 알아.

대답은 못해도 안다고.

댁이 매일같이 지껄이는 말 중에 하나니까. 너무 많이 들 어서 이미 머릿속에 박혀들었다 이거야.

—그래 그래. 단전이든 뭐든 설명을 해 줬으니 잘 알겠 지. 이제 다시 처음부터 시작하겠다.

귀신이면서 호흡이라도 하는 건가?

독존황 머시기가 잠시의 침묵을 유지한다. 그러고는 아 까 말했던 그 무언가를 불러 주기 시작한다.

—만독이란 결국 하나로부터 나왔으니 세상 모든 것이 독을 이룸이다. 독이란 결국…….

'만독이란 결국 하나로부터 나왔으니 세상 모든 것이…….'

킥.

혼자 살아남아서 죽을 둥 살 둥 한 마지막에 참오해 보는 것이 귀신인지 뭐시기인지가 말해주는 구절이라.

어이없는 지금의 상황에 웃음만이 나온다.

독 때문에 미친 거려나?

뭐 어쨌든 좋지.

나와 마지막까지 함께하는 이는 어쨌건 독존황이잖아. 내가 죽기 전에 소원이라도 들어주자고.

망할 독공을 참오해 주겠다 이거야!

第一章

독공 익히기

사, 살았다!

진짜 살았다! 그 연독기공(燃毒氣功)이라는 이름도 뭔시
기한 독공을 익혀 살아남았다.

"이, 이런 시벌, 이게 뭡니까?"

──……부작용이다. 그런데 꼴이 이게 뭐냐!

물에 비친 나의 얼굴을 보니 푸르죽죽하다 못해 검게 변
하기 직전이다. 그 망할 독공을 익히면 이렇게 되는 건가?

"만약에, 진짜로 천하제일의 무공이라 쳐요. 그러면 뭐
합니까! 이렇게 생겨서야 어여쁜 색시를 어떻게 얻냐고요!
아니, 얻기도 전에 마을 가서 돌 맞아 안 돼지면 다행입니

다! 이건 괴물 아닙니까. 괴물!"

—천하제일의 무공 맞다니까?

"아, 몰라요."

시벌. 이래 가지고 어떻게 살아남지? 마을에 가서 사냥
감도 못 팔겠다. 동물 가죽이라도 뒤집어쓰고 가야 하는 건
가? 괜히 전염병에라도 걸린 거 같다고 물건도 안 사주는
거 아냐?

'아, 막막하다.'

이 꼴을 하고 어떻게 살지 하고 중얼거리고 있는데 독존
황 뭐시기가 해결책을 제시해줬다.

—그때야 임시로 익혀서 그런 거야. 연독기공의 삼성만
도달해도 원래대로 돌아오는 것은 물론이고 네 마을에 있
는 삼류무인들보다 더 세진단 말이다.

"아아 시벌."

—뭐, 뭣! 시, 시벌? 네, 네 이놈……

"결국은 무공을 또 익히라는 거잖아."

그 빌어먹을 것을 진짜로 익혀야 하는 거야? 나는 그냥
최고의 사냥꾼이 되어서 돈도 좀 벌고 어여쁜 색시를 얻으
면 끝인데? 진짜 그래야 해?

아아. 시장 상인들 돈이나 뜯어먹는 못난 무인이 돼야 한
다니. 말세로다. 말세야.

"이번엔 진짜지요?"

—그래! 살아난 것도 어차피 내 덕이잖아! 사기면 네가 살아날 수나 있었겠어? 믿어 보라고.

"그래요. 그래."

하기야 마비 독에다가 더해서 만혈초를 먹고 살아남기야 살아남았지. 괴물 같은 몰골이 되긴 했지만 살아남기야 했다고.

어디 한번 해 보자고. 이 빌어먹을 연독기공 한번 익혀 보자 이거야!

*　　*　　*

—기감을 만들어라.

독존황이 그에게 가장 먼저 내린 가르침이다.

자연으로부터 기를 얻어 내공을 쌓기 위해서는 자연의 기를 느끼는 기감을 가져야 한다고 한다.

물론 어마어마한 정도의 수준을 요구하는 것은 아니다. 딱 내공 심법에 입문할 수 있을 정도의 기감.

그 정도면 충분했다.

'하지만 그게 느껴져야 말이지.'

기감? 죽기 직전에 느끼긴 했다.

뱀에게 물려 뱀독에 중독되고 그와 동시에 토혈독에 중독됐을 때는 느끼기 싫어도 느낄 수밖에 없었다.

생(生)과 사(死).

그 사이에 있게 되면 본디 느껴지지 않던 것도 느끼게 되는 법이니까. 거기에 더해 살아야겠다는 의지까지 있었으니 기감을 느끼지 못한 것이 이상한 일이었다.

하지만 지금은 그게 되지 않는다.

온몸 전체로 느껴지던 그 기라는 것이 목숨을 살려주는 대가라도 되는 것인지 아예 자취를 감춰버린 것이다.

그렇게 일주일이 지났다.

―네가 전에 독초를 먹고 돌렸던 내공심법의 느낌을 기억하면 된다.

"말이야 쉽지요."

―흐음, 본좌는 딱 한 시진 만에 느낀 게 기감이거늘.

불쌍하다는 듯이 읊조리는 독존황이다.

왕정은 되도 않는 비교에 왠지 모르게 발끈하는 느낌이 들었다.

허나, 일주일째 기감을 느끼지 못하는 것은 독존황의 책임이 아닌 자신의 책임이기에 별달리 반박을 할 수도 없었다.

'한 시진 만에 느꼈으면 천재긴 천재였나 보네.'

그의 말이 모두 진실이라는 가정하에서지만. 확실히 그는 보통의 사내는 아니었던 듯하다.

자신은 일주일 내내 해도 안 되는 것을 그는 쉽게 했다 하니까.

거기다 아직까지 이해는 안 되지만 그가 말하는 무리(武理)를 들어보면 이해는 안 되도 가슴으로 느껴지는 뭔가가 있긴 했다.

무공을 익히기 시작하면서 확실히 그는 본좌라는 말이 어울리는 자라는 생각이 문득 문득 들곤 하니까.

"헤헹, 그렇게 대단하면 저도 느끼게 해 달라고요."

―허허. 이거 참. 내가 살아 있었다면 그리 해줬겠지!

실제로 명문가의 후손들이 기감을 쉽게 느끼는 것은 스승이 있어서란다.

일류만 되더라도 기감을 느끼게 해 주는 것은 쉽게 된다.

방법? 자신의 기를 이용하여 제자의 몸에 기를 불어넣음으로서 강제적으로라도 기를 느끼게끔 만들어 주는 것이다.

강제적으로라도 가능하니 명문가의 무사들이 이 기감을 느낀다는 과정을 쉽게 넘어갈 수 있는 것이다.

그들에게 일류무사는 많지는 않아도 또한 적지도 않은 수를 항시 유지하고 있으니까.

하지만 왕정은 그런 스승이 있는 상황이 아니다.

무리와 이치에 대해서는 그 누구보다 좋은 스승인 독존황이 있다지만, 그가 육체를 가지고 있는 것은 아니기 때문이다.

—허헛. 답답하구나. 답답해. 방법을 생각해 보자구나.

기감 느끼기. 새로운 과제가 생겨 버렸다.

* * *

방법을 찾긴 했다. 되도 않는 위험한 방법.

"진짜 이거 해야 되는 겁니까?"

—방법이 없잖느냐! 벌써 이 주째다.

자신만만하게 독공을 익히겠다고 나선 왕정으로서도 민망해질 만한 기간이랄까나.

처음에는 독존황에게 따박따박 대들던 그로서도 이제는 괜시리 그에게 기세에서부터 밀리고 있었다.

'내가 그렇게 소질이 없었던 건가.'

독존황의 말대로라면 삼류의 재능을 가진 아이라고 하더라도 이 주쯤 되면 기감을 느낀다고 한다.

그런데 왕정은 그게 되질 않는다.

분명 전에 내공 심법을 돌려보고도 이상스러우리만치 되

지가 않는 것이다.

해서 특단의 조치를 내렸다.

전과 같이 독초를 씹어 삼키고 강제적으로라도 독공을 돌려 보는 것이다. 그리고 그를 통해서 강제적으로라도 기감을 얻어 보자는 것이다.

아무리 독공을 익히려고 나섰다고 하더라도 독초는 위험하다.

특히나 아직까지도 제대로 독공을 익히지 못한 왕정에게는 더 위험할지도 모른다.

생과 사의 갈림길에서 몸에 쌓아 두었던 토혈독과 마비독이 터져 나올 수도 있으니까.

'하지만 평생을 이러고 살 수도 없잖아?'

이 주가 되었는데도 여전히 푸르죽죽한 자신의 피부다. 이대로 사람도 보지 않고 살 수는 없으니 위험해도 해야 한다는 기분이 들었다.

아무도 보지 못한 채로 외롭게 보내는 것은 가족이 전부 죽었을 때로 충분하니까. 결심을 한 왕정은 며칠 동안 찾아다녀 겨우 구한 독초 하나를 순식간에 가루를 내었다.

"으아아아아압! 해 보자고!"

—그래. 잘 생각했다.

왕정은 그러고선 독존황의 말도 듣지 않은 채로 자신의

입에 가루로 만들어진 독초를 쑤셔 넣었다.

우연찮게도 이번에도 전에 먹었던 것과 같은 종류의 토혈독이다. 먹으면 피를 토하면서 죽는 독!

"크으으으윽."

몸에서부터 불과 같은 기운이 일어난다. 아니, 불로 지지는 것 같은 통증이 느껴진다. 그렇게 왕정은 무식하리만치 고통스러운 방법으로 독공 익히기를 시작했다.

홀로 남은 외로움을 느끼지 않기 위해서!

그리고 그는 이내 반 각도 되지 않아 하고 싶어도 하지 못했던 독공에 빠져 들어갔다. 살기 위해서라는 지독한 의지가 없던 기감도 만들어낸 것이다.

완전히 독공에 집중을 하게 된 왕정.

그런 그를 그대로 둔 채로 독존황이 작게 읊조린다.

―후후. 잘 되었군, 잘 되었어.

평소라면 들을 수 있었겠지만 심법에 빠진 왕정으로서는 듣고 싶어도 듣지 못했다. 무슨 수단을 사용했는지는 몰라도 독존황이 알아서 차단을 한 것이리라.

＊　　　＊　　　＊

"휘유, 어떻게 겨우 일 단계는 된 건가요?"

―그래. 장하다. 기감을 느끼는 데 성공했다.

독존황이 기록했던 한 시진이라는 기록보다 엄청나게 많은 시간을 소모했지만 그래도 성공한 것이 어딘가.

비록 정석적이지 않은 수를 사용해서 기감을 얻긴 하였지만 왕정은 처음으로 얻은 성과에 큰 만족감을 느끼고 있었다.

'이제 기감을 느꼈으니 푸른 것도 좀 사라졌으려나?'

기분 좋은 상상을 해가면서 만족감을 더 느낄 새도 없이 독존황이 바로 다음 단계를 말했다.

―일단 독초로 기감을 얻은 것은 좋다. 이제 다음은 독초를 구해야 할 차례다.

"독초요?"

―그래. 독을 얻어야 익힐 수 있는 것이 독공이니까.

"하아, 저는 사냥꾼이지, 약초꾼이 아니지 말입니다?"

―이대로 살래?

'젠장.'

얼굴이 시퍼래져서 살 수는 없다. 시키는 대로밖에 할 수 없다는 소리다. 피부가 푸르죽죽해진 이후부터는 왠지 지고 들어가는 느낌인 그였다.

"쳇. 이 피부만 원래대로 돌아오면 한번 두고 봅시다."

―그때 가선 내가 가르쳐 주지 않아도 네가 가르쳐 달라

고 원할 게 뻔하다.

"……그래, 어떤 독초를 구하면 되는 겁니까?"

—이왕이면 지난번에 먹었던 마비독이나, 토혈독 종류가 좋겠지. 둘 중 하나면 뭐라도 상관없다.

"흐음."

'둘 다 어렵겠는걸?'

기본적으로 산에 있는 풀들이 독초인지 아닌지 정도는 안다. 사냥꾼으로 먹고 살려면 있어야 하는 기본 지식들 중에 하나니까.

독존황만큼은 아니어도 보통 사람치고는 많이 아는 편이다.

'하지만 토혈독이나 마비독 같은 것들은 구하기가 영 힘든데.'

특정 독을 구하려니 꽤나 어렵다는 생각이 드는 왕정이었다. 둘 모두 무엇 하나 쉬워 보이는 것이 없었다.

"어쩐다……."

—왜, 어려우냐?

"예. 솔직히 어려운데요? 독공인가 뭔가를 몇 달간 익히려면 시간이 좀 걸릴 거 아닙니까?"

—흐음, 그건 맞긴 하다만…….

상황이 이러니 독존황도 고민이 되는 듯했다.

독공을 익히려면 독의 지속적인 공급을 필요로 하는데 그가 봐도 왕정의 상황상 독초를 지속적으로 구하는 것은 어려워 보였으니까.

　"어쨌든 찾아보지요 뭐."

　―그래. 나도 생각을 좀 해 보마.

　며칠간이나 약초를 찾아 다녔을까? 죽기 직전에는 잘만 보이던 독초가 막상 찾으려고 하니 보이지를 않는다.

　개똥도 약에 쓰려니까 없는 것이다.

　"어쩐다?"

　이렇게 되면 애써 익힌 기감을 이용해서 독공을 익히지도 못할 상황.

　방법을 찾아 고민하고 있는 독존황이나 애써 기감을 익힌 왕정이나 애타기는 마찬가지였다.

　그때.

　―방법을 찾았다!

　"방법요!?"

　독존황이 그동안의 경험이 어디로 간 것은 아닌 듯 결국에 방법을 생각해 내었다!

　　　　　*　　　　*　　　　*

문제는 그 방법이라는 것이 생각보다 허접해 보였다는 것.

"에엑? 그러니까 감자를 구하라고요?"

—그래.

답은 감자였다.

감자.

구황작물 중의 하나로, 기근이 발생하거나 하면 양민들한테 크게 도움이 되는 작물 중에 하나다.

배를 든든히 채워주지는 못해도 일단 먹고 살게는 해주니까. 다만 이것의 경우에는 잘못 먹게 되면 죽는 경우도 있다고 한다.

—백 근짜리 사람 하나 죽이는 데 감자가 얼마나 필요하다고 생각하냐?

"글쎄요?"

그런 거 생각해 본 적도 없었다. 왕정은 그저 감자를 잘못 먹으면 배탈이나 나는 정도로만 알고 있었으니까.

하지만 독존황이 아는 지식으로는 좀 다른 듯했다.

—쯧. 생각해 본 적이 없겠지. 하기야 본좌도 현경의 경지에 이르고 나서야 세상 모든 것이 독으로 이뤄졌다는 것을 알았으니……

뒤이어져 나오는 독존황의 말은 상상 이상이었다. 또한

꽤나 놀라운 이야기기도 했고.

몸무게가 백 근 나가는 사람 하나를 죽이는 데 필요한 생감자의 무게는 이 근이란다. 더도 말고 덜도 말고 딱 이 근 정도.

그것도 그냥 생감자일 때의 이야기!

―감자 싹을 왜 제거하는 줄 아느냐?

"독 때문에요."

이건 상식이다.

감자의 싹이나 푸른 부분을 먹게 되면 더 쉽게 감자 독에 중독된다. 그래서 감자를 요리해 먹을 때는 푸른빛을 띠는 것은 다 제거하고 먹는 거고.

―그래. 다행히 그건 아는구나. 그런데 재밌는 것이 말이다. 일단 감자에서 푸른빛을 띠는 것은 기본적으로 독성이 네 배다. 최소 네 배!

"허엇. 그럼 잎이 더 독성이 강하겠군요?"

―아무렴. 거기다 썩어 있기까지 하면 그 독성이 더더욱 강해지지. 그렇게 되면 백 근짜리 사람 하나를 죽이는 데 얼마면 되는지 아느냐?

은근한 어조로 무서운 것을 물어오는 그다. 그리고 또한 왕정의 머리는 그의 말마따나 계산을 하고 있었다.

무게나 숫자를 계산하는 것 정도야 사냥하고 고기를 파

는 것으로 익숙하니까 쉽게 됐다.

"열 배라고 계산하면 일 근도 안 되는 양이면 되겠군요. 거기다가 썩혀서 수십 배로 강해지면 한 줌도 안 되는 양으로도…… 죽일 수 있겠네요."

마지막의 죽인다는 말에 왕정은 조금 움찔했다.

사냥을 업으로 먹고사는 그이지만, 사람에게 대입을 할 때에는 본능적으로 꺼림칙한 감정이 들 수밖에 없었으니까.

하지만 독존황은 그런 그의 속도 모른 채로 답을 할 뿐이었다.

―그래! 그거다. 푸른빛이 도는 감자 정도면 사람 하나를 쉽게 죽일 수 있다 이거지. 이런 식으로 따지면 감자 외에도 여러 가지가 있긴 하지만, 아직은 네가 그 독성을 받아들일 단계는 아니니 일단 감자부터 시작 하자꾸나.

"허어……."

이런 거 말고도 더 있단 말인가? 왕정은 왠지 궁금해져서 물었다.

"대체 어떤 게 독성이 그리 심합딥까?"

―네가 가끔 먹는 도라지 있지 않느냐?

"예."

―그것도 생(生)으로 장복하면 눈이 멀게 된다. 은행

의 경우에는 그 껍질만 닿아도 옻에 걸리는 경우가 있고
또…….

기다렸다는 듯이 독존황의 말이 계속해서 이어진다. 그
리고 그의 말이 이어질수록 왕정은 왠지 몸을 부르르 떨 수
밖에 없었다.

알고 보니 이 세상은 연독기공의 구절처럼 모두 독으로
된 것만 같았으니까!

일상에서 쉽게 접하는 감자, 은행, 도라지, 살구 그리고
콩까지. 모든 것들이 독을 가지고 있었고 쉽게 사람을 죽일
정도였다.

'내가 그것들을 먹고 여태 살아 있는 게 신기할 정도군.'

그리고 독의 세계는 왠지 신기하다.

왕정은 독공을 익히기 시작하고 처음으로 독에 대한 흥
미를 느꼈다. 남이 모르는 것들을 알고 있다고 생각하니 왠
지 모르게 흥분이 된달까.

다 자란 사내처럼 굴지만 왕정의 나이는 이제 열여섯 살.

아직은 어리다고 볼 수 있는 나이니 이런 흥분이 더욱 쉽
게 되는 것도 있으리라.

처음으로 독공이 재미있다 느끼면서 왕정은 움직이기 시
작했다.

'일단은 감자부터 찾아야겠지.'

시장에도 갈 수 없는 몰골이니 서리부터다.

*　　　*　　　*

감자를 구하는 것은 쉬웠다.

외진 곳에 있는 밭을 가면 감자들 정도야 많으니까. 왕정은 우선 오 근 정도의 감자를 훔쳐 왔다.

감자를 구하면서 괜스레 양심에 찔려 감자를 대신할 동전 몇 푼을 두고 오기까지 한 그였다.

부모도 없는 데다, 상황이 이러한데도 그만의 양심을 지키는 것을 보면 그래도 천성이 꽤나 착한 편이리라.

'이제 이걸 그늘이 아니라 햇볕에 두고 싹이 자라게 하면 된다 이거지?'

왕정은 독존황이 미리 말한 바대로 행동했다. 감자에 있는 독성을 더욱 강화하기 위한 행동이었다.

—일부는 심는 것 잊지 마라. 구황작물이 괜히 구황작물이 아니야.

"예이. 예이."

흉년이 들어 곡식이 부족할 때 기근을 해결하기 위해 주곡 대신 소비할 수 있는 작물을 구황작물이라 한다.

쉽게 자라기도 하고, 자라는 기간이 짧기도 해서다.

감자도 그러한 구황작물들을 대표하는 것들 중에서 하나지 않는가. 고작해야 네 개 정도 묻는 것이지만 시간이 지나면 제법 자라 있을 거다.

왕정의 경우엔 제대로 자라지 못해서 썩어도 상관이 없었고.

'요즘 들어서는 시키는 대로만 하는 거 같다니까?'

왕정은 괜스레 툴툴대면서도 독존황의 말에 따라 일주일새 푸른빛이 돌다 못해 잎이 자란 감자를 가루로 만들었다.

연독기공을 익히기 위한 준비를 하는 것이다.

"감자여서 그런가? 뭉치기만 하는 거 같네."

—그게 다 수련이다.

"에휴……."

기공의 경지가 높아지면 이런 과정을 거칠 필요가 없었지만, 일단 지금으로선 입문의 단계이기에 최대한 잘게 가루를 내야 했다.

그렇게 가루가 되어버린 푸른 감자들.

왕정은 못 볼 것을 봤다는 듯이 꺼림칙한 눈을 하고서는 자신이 만든 가루를 담은 그릇을 부여잡았다.

"흐으으읍."

꿀꺽. 그렇게 가루가 된 독을 삼킬 수 있을 만큼 삼키고, 왕정은 본격적으로 연독기공에 빠져 들어갔다.

＊ ＊ ＊

연독기공의 일 단계는 다른 심법과 마찬가지로 기감을 느끼는 것이다. 기감을 느껴야만 기를 쌓을 수 있다는 사실은 삼류 무공이든, 이류무공이든 어느 무공이나 똑같다.

왕정의 경우에는 이게 안 돼서 독초를 다시 흡수하고 억지로 기감을 여는 괴행(怪行)을 하게 됐지만 어쨌건 일 단계는 통과했다.

그리고 그가 지금 하고 있는 것은 이 단계.

기감을 이용하여 삼켜 넣은 독기(毒氣)를 느끼고 그 독기들을 단전에 우겨 넣는 데에서 이 단계가 시작된다.

'갈아야 한다.'

아무리 독을 삼킨 것이라 하더라도, 단전으로 들어가게 된 독에는 독이 아닌 쓸데없는 찌꺼기들이 있을 것은 당연하지 않겠는가?

한 가지의 속성만을 가진 것이 이 세상에 흔하진 않으니까.

해서 연독기공의 이 단계 과정 중 다음은 독기와 함께 단전에 들어온 여러 잔존되는 기들을 제거하는 것에서부터 시작한다.

40 독공의 대가

어떻게?

'회전, 회전이다.'

단전 내에 들어온 독기를 회전시키고 그를 통해서 순수하게 독기만을 얻는 것이다.

얼핏 보기에는 굉장히 위험해 보이는 기공이다. 조심스레 다뤄야만 하는 단전에서 내공을 돌리다 못해 미친 듯이 회전시켜야 하니까!

하지만 여기서 연독기공의 대단함이 보이게 된다.

연독기공은 단전에서 독기를 회전시켜 순수하게 독기를 정제하는 동시에 쌓는 것이 가능한 괴공인 것이다!

달리 말하면 일종의 마공!

덕분에 일류에서 절정까지는 쉽게 도달을 하는 무서운 무공이 연독기공이다.

이 단계에서부터 이미 다른 내공 심법들은 절대 하지 못할 방식으로 무서우리만치 빠르게 내공을 쌓아가는 무서운 기공이다.

대신.

─흘흘. 빠르게 경지에 이르지 못하면 그대로 녹아버리는 거지. 아니면 불구가 되거나. 아해야, 끝까지 익힐 수밖에 없단다.

마공답게 빠른 성장을 하는 대신 벽을 넘지 못하면 죽게 된다. 한번 익히면 끝을 볼 때까지 익혀야 하기에 마공이기도 한 것이다.

빠른 성장에 대한 반동과도 같은 셈.

이는 어찌 보면 가장 무서운 반동이기도 했다. 다른 마공처럼 인성이 망가진다거나, 외모가 변하는 것이 차라리 낫지 않은가?

무인에게 있어서 초절정의 벽이라는 것은 깨고 싶어도 깨지 못할 마의 벽이기도 하니까!

그러한 무공을 왕정은 본격적으로 익히기 시작한 것이다.

독존황의 의미 모를 내심, 본래의 외모를 되찾아 사람 사이에 돌아가겠다는 왕정의 다급함.

그 속에서 쉼 없는 연공이 계속되고 있었다.

第二章

본격적인 수련

　완벽은 아니지만 이 단계 수련까지는 됐다.

　사실 거창하게 이 단계까지라고 이야기 했지만, 내공심법 한번 제대로 돌려 본 게 다다. 다른 무인들과 다른 점이 있다면 독초를 써서 독공을 익힌다는 것 정도일 거다.

　무식한 내 지식으로 봐도 독을 가지고 부리는 무공 같은 것은 적다 들었으니까.

　'하기야 독존황 말대로라면 독공 자체가 흔한 건 아니니까.'

　독존황은 심심해서인지, 자신의 존재를 알릴 만한 수단이라고는 대화밖에 없어서인지 무공 외에도 이런저런 이야기를 왕정에게 해줬다.

주로 무림에 관한 이야기들.

독존황 자신에 대한 자랑 같은 것들은 전. 혀. 쓸모가 없었다. 그래도 그가 이야기하는 무림이라는 곳의 이야기는 제법 재미가 있어 독존황의 이야기보다 새겨들었다.

무림에서 고수의 서열이 어떻게 나뉘느니, 삼류에는 무얼 할 수 있느니 하는 무림의 상식이라는 것들.

정파에는 온갖 내환, 외환들을 버텨내며 오랫동안 발전을 해 온 구파일방이라는 것이 있다는 이야기들이나.

단일 문파로서는 가장 강한 마교라는 곳이라든가, 사파의 최고문파 사도문 같은 곳들에 관한 정보들은 독존황이 살았던 때에 비해 꽤 시일이 지났어도 재미있었다.

정보라기보다는 흥밋거리 정도이지만 어쨌건 좋은 게 좋은 거 아니겠는가.

'물론 지금에 와선 써먹기도 힘든 거지만 말이지.'

그가 살았다는 시일과 내가 살고 있는 현 시간을 대충 가늠해 보니 오십 년쯤 지났다고 하더라.

나는 무식해서 몰랐는데 전에 시전에 갔을 적에 그가 알아서 사람들의 말을 주워듣고 가늠했단다.

그러니까 지금에 와선 정보가 되지 않는다는 말이다. 시일이 지나서 써먹기가 애매하니까. 음식도 시간이 지나면 썩는데 정보는 더 하지 않겠는가.

하여튼 이게 중요한 게 아니다. 내게서 가장 중요한 것은 정보도, 독존황의 삶도 아니다. 바로.

"그나저나 저 이 단계라는 것도 했는데 왜 피부색이 그대로지요?"

─허허. 분명 말했지 않느냐. 삼성에는 들어서야 피부색이 원래대로 돌아온다고.

'역시 한 숟갈에 배부른 게 이상한 거겠지.'

"그러니까 그 삼성이라는 것은 어느 정도 수준이 돼야 하는 겁니까?"

─네가 한번 기공을 돌린 것은 이제 입문이라고 볼 수 있다. 잘 쳐봐야 일성의 경지지. 그것도 네가 잘해서가 아니라 입문해서 일성이라 쳐 준 거다.

"예이. 예이."

'그러니까 일성도 제대로 못 들어섰다는 건가? 역시 한 번으로는 안 되는 거군.'

─네가 이 단계의 과정을 반복해서 내공을 쌓아가야만 삼성에 들 수 있을 거다.

"얼마나 걸리는데요?"

최대한 빨리 해결이 되어야 했다.

'나도 사람 못 본지 꽤 된 거 같단 말이다. 아무리 외로

움을 잘 참는 나라지만 이건 좀 심하지.'

—이대로라면 일 년 정도?

사실 이게 독존황의 과장이었지만, 나는 그때까지는 의 말을 철썩같이 믿었다. 내가 잡을 수 있는 동아줄이라고는 그밖에 없었으니까.

"일 년요!? 허어! 안 돼요! 안 돼!"

—허허. 빨리 익히고 싶으냐?

"네! 무조건 빨리 익혀야죠!"

그래. 난 그때 마수에 걸렸다. 저 빌어먹을 늙탱이의 마수에!

—그럼 내 말만 듣거라. 독공이 아니라 무공 그 자체를 빨리 익히기 위한 방법은 말이다.

*   *   *

반복.

'반복이라 이거군. 나쁘게 말해서 노가다.'

결국 무공이라는 것도 깨달음을 필요로 하는 경지에 이를 때까지는 피 터지는 수련의 반복이 가장 좋은 성장 방법이란다.

그리고 이왕이면 가장 옳은 방법을 사용해야만 효율성

있고 빠르게 성장할 수 있는 것이고.

"그래서 삼 단계를 지나서 사 단계까지는 가야 한다고요?"

—그렇지!

"그거 무공 익히게 하려고 그러는 거 아닙니까?"

이 단계까지 오는 것만으로도 죽을 둥 살 둥 별 고생을 다했는데 사 단계라니. 여기까지 가는 것은 또 얼마나 힘들꼬?

—어허. 사실 내가 독공을 대성하여 단계를 나누어 놨지만, 그건 일종의 효율적인 수련을 위해서 나누는 것이니라.

"효율적인 수련요?"

—그래. 열심히 노력을 하면 누구나 실력이 올라가긴 한다. 그건 너도 사냥 기술을 배워서 알지?

"물론이지요."

화살을 쏴도 더 많이 쏴 본 놈이 잘하는 법이다. 그건 나 같은 무식한 놈도 아는 만고의 진리다.

—그래. 무공도 그런 거다. 그런데 이렇게 생각해 봐라. 네 아버지가 없이 사냥 기술을 익히기 시작했으면 어쨌을 거 같으냐.

"으음, 아무래도 사냥이 힘들었겠지요?"

—그래. 그거다.

사냥도 사실 우습게 보면 안 된다.

함정 설치하는 법부터 시작해서 동물들이 다니는 길을 살펴보는 법, 동물들의 생태 파악, 조심해야 할 독초와 같은 것들까지.

이 모든 것들이 전대의 사냥꾼들이 얻어가며 얻은 모든 비법들이다.

그런 비법들이 생존에 관련되다 보니, 익힐 것투성이이고 제대로 익히는 데만도 시간이 꽤나 걸리는 일이다.

그래서 보통 아버지에서 아들로, 스승에서 제자로 이어지면서 사냥기술이 전수된다. 그렇게 해서 사냥꾼의 대가 이어지는 것이고.

"이제 이해가 가네요. 그러니까 그런 비법을 잘 전수 받아야 좋은 사냥꾼이 되듯 독존황도 전수를 위해서 쉽게 쉽게 비법들을 정리한 거고만요?"

—그래. 이제 이해했느냐?

"흐음."

—사실 사 단계까지는 내가 말하는 삼류 무사들도 하는 것이야. 설명을 들어서 알 거 아니냐?

"삼 단계는 진기를 한 곳에 집중시키는 연습, 사 단계는 자유로운 진기 운용의 방법이니까요?"

—그래. 이 단계에서 얻은 내공을 재료로 뭔가 하나라도

해야 되지 않겠느냐? 이는 다른 무인들도 마찬가지다! 내공을 쌓는 것이 심법이나 기공이고. 그런 내공을 활용하는 것을 무공이라고 한단 말이다. 소위 몸 쓰는 방법이지.

"흐음……."

아주 뻥 같지는 않았다. 하기야 활만 있다고 사냥을 할 수 있는가. 활 쓰는 법을 알아야 화살을 쏘지.

이해 간다. 그의 말이 제대로 맞는 말 같기도 하고.

"사 단계까지 하면 삼류 무인이 되는 건가요? 그 시장 바닥에 있던 파락호들 같이?"

시장 상인들의 돈을 쓰는 것은 마음에 들지 않지만 그들은 강했다. 내가 맞붙으면 아마 한 주먹거리도 안 될 거다.

활을 쓰게 되면 이야기가 달라지긴 하겠지만.

—허허. 그렇기도 하고 아니기도 하다.

"무슨 말이에요. 좀 쉽게 쉽게 설명해 달라고요."

—에휴, 내가 어쩌다 이런 놈을 만나서. 사 단계까지만 완성을 해도 능히 일류의 고수라고 할 수 있다. 내공의 수발을 자유로이 할 수 있는 것이 사 단계니까. 삼류무사와 일류무사를 나누는 차이는 내공 수발을 얼마나 자유로이 하냐니까!

"호오? 그러니까 같은 활을 써도 명사수는 일류고, 초보는 삼류다 이거네요?"

―그래. 비유가 좀 이상하긴 하지만 그렇다.

"그렇게 쉽게, 쉽게 설명하면 될 것을, 하여간에 꼬는 걸 너무 좋아 하신다니까."

독존황은 어렵게 말하는 걸 좋아한단 말이지. 무공이라고는 이제 내공심법 한 번 제대로 돌린 나한테 너무 많은 것을 바란다니까?

　―허어…… 내 참! 내 어쩌다 너 같은 놈을 만나서는 말년에, 아니 죽어서 이러니 사후까지도 복이 없는 건가? 어쨌건 어서 무공이나 익히란 말이다!

"예이. 예이. 이 푸르죽죽한 피부를 벗어나기 위해서라도 어서 해야죠."

　―그래. 그래. 유일하게 마음에 드는 거구나!

어쨌든 좋다. 무공을 익혀야 한다면 어서 익히는 것이 맞는 거겠지. 나는 빌어먹을 피부를 원상태로 돌리기 위해서라도 삼 단계를 바로 시작했다.

＊　　＊　　＊

"으음, 어렵네."

　―쉬웠으면 누구나 고수가 됐겠지.

"……쳇."

내공 수발을 자유로이 하기 위해서는 일단 내공을 움직이는 법부터 배워야 한다.

처음에는 단전에서 가슴으로. 가슴에서 팔로. 다시 손으로.

이런 식으로 기운을 옮기는 법을 배워야만 하는 것이다. 지금은 할 줄 아는 것이 없어서 오른팔만을 두고 연습을 하고 있다.

독존황의 말대로라면 그래도 연독기공이 꽤 좋은 무공인지라 빠르게 익히고 있다고 하는데, 비교할 자가 없는 나로서는 그냥 그러려니 했다.

처음에는 팔에까지 가는 것으로 한다.

하지만 나중에 가서는 한쪽 팔뿐만 아니라 양팔, 양다리, 발에 이르기까지 온몸에 내공 쏘아 보내기 연습을 해야 한단다.

"휘유."

오른팔에 진기를 보내는 것만으로도 힘든 나로서는 제법 먼 길이 될 것 같았다.

"대체 왜 가만있어도 옮기기 힘든 기를 움직이면서 옮겨야 하냐고요!"

—멍청아! 무공을 가만히 앉아 쓰냐? 움직이면서 써야지!

"그러니까. 일단은 앉아서부터 하고 다음에 서서 움직이면서 하면 되지 않겠냐 이거지요."

분명 독존황은 움찔했다. 그가 육체가 있는 것은 아니지만 잠시의 침묵이 있었던 것으로 보아 분명했다.

—……이게 다 내가 만들어 둔 수련법이니까 어서 하도록 해! 예전의 나였으면 이것도 못 따라오면 죽었다고.

"예전이나 그랬겠지요. 쳇, 체계적인 거라고 해서 믿었드만."

독존황은 분명 살아생전에는 강한 이였던 것 같긴 하다. 그가 말하는 것의 반만 믿어도 그는 분명 고수니까.

하지만 고수였다고 해서 가르치는 것까지 잘하는 법은 없는 듯했다. 지금만 해도 그렇지 않은가?

아기가 처음 걸음마를 할 때도 옆에 있는 것을 잡고 서는 것에서부터 시작한다.

뭔가를 잡고 일어서고, 그걸 잡고 천천히 움직이고, 종래에는 뭔가를 잡지 않고도 움직일 수 있게 되는 것이다.

그런데 지금 독존황이 가르치는 방식은?

"이제 걸음마를 시작하는 아기가 어떻게 처음부터 걸어요!"

애기가 옆을 잡고 일어서듯 처음에는 앉아서 기를 움직이는.것에서부터 시작을 해야 할 것을, 처음부터 일어서서

걸으라 말한다.

―나는 됐단 말이다!

"예이. 독존황은 됐을지도 모르지요."

그래. 그는 정말로 됐을지도 모른다.

나는 독초까지 먹어가면서 익혔던 기감을 홀로 두 시진
만에 익혀낸 것도 그렇고, 그가 가르치는 것들에 뭔가 심오
함이 느껴지는 것도 그렇다.

그는 타고난 천재였을 것이 분명하다. 나 같은 것은 감히
덤벼들 생각도 하지 못할 그런 고수.

하지만 그렇기에 나 같은 놈을 어떻게 가르쳐야 하는지
를 모른다.

일반인이 천재의 사고를 이해하지 못하듯 천재인 그는
일반인의 사고를 이해하지 못하는 것이다.

그게 천재인 그로서의 한계(?)다.

"처음부터 걸은 놈은 누워 있는 아이의 심정을 모르지
요."

―그게 무슨 소리냐!

"있습니다. 있어요."

독존황 댁 같은 천재는 모를 그런 거. 저런 성질머리 곱
지 못한 늙은 아저씨에게 나보다 더한 재능을 주다니.

역시 세상은 공평하지 못하다니까? 하기야 그러니까 세

상이 재밌지. 공평하면 재미가 없었을 거야.

왕정은 왠지 모르게 늙은이 같은 말을 외치면서 수련을 하기 시작했다.

일단은 앉아서!

내 몸 안에 있는 자유로이 움직이는 것에서부터 시작을 한 것이다.

*　　*　　*

으직. 으직.

—가루를 내어 먹어야 효과가 더 크다니까?

"가루 내는 시간에 하나 더 먹으면 그게 그거잖아요."

독존황의 수련법은 분명 대단하다.

하지만 그건 온연히 천재의 방식이다. 해서 나는 완전히 그의 방법을 따르기보다는 조금씩이지만 나에게 맞게 고쳐 쓰기 시작했다.

나중에 와서 이런 방법은 굉장히 위험한 것이라는 것을 알았지만, 그래도 내게는 항상 독존황이 붙어 있었으니 정말 위험한 거였으면 알아서 말렸을 거다.

"빨리 이 푸르죽죽한 피부를 없애려면 시간 절약해야 한다고요. 감자야 몰래 나가서 구하면 되는 거니까."

─그건 그렇다만, 휘유. 내가 말년에 이르러 정립한 수련법이 이런 식으로 깨어지다니.

말년에 만든 거라고?

"제자라도 들이려고 했습니까?"

─그래. 내가 죽을 나이가 되기 전에 후학들을 키우려고 했던 거지. 정작 너한테 처음 써먹지만 말이다.

"와아, 그렇게 들으니 좀 대단한 것을 받은 느낌인데요."

내가 처음이라니. 이거 영광으로 알아야 하려나. 역시 처음이란 말이 주는 기분이란 뭔가 색다르다니까.

─헹. 그러니까 말 좀 들으란 말이다!

"근데 왜 만들고서는 쓰지 못한 거예요?"

문득 궁금했다.

특히 독존황은 이상하리만치 자신에 대한 이야기를 하지 않아 더 궁금했다. 왜 그는 수련법을 만들고 나서도 쓰지를 못했을까?

─……그런 게 있다.

역시 뭔가 사연이 있는 말투다. 평상시의 가벼운 말투와는 다른 무게감이 나에게 전해졌으니까.

"가끔 생각이 들곤 하는데 말이지요."

─무슨 생각?

"왜, 그 귀신이 한이 많으면 저승에를 가지 못한다잖아
요?"

—그렇지.

"독존황도 그런 한이 있어서 그런 거 아닐까요? 이 세상
에서 해야 할 일을 하지 못한 거지요."

—…….

이런 말을 내가 하면 평상시라면 화부터 냈을 그다. 하지
만 그는 화를 내기보다는 잠시의 침묵을 지켰다.

어쩌면 나의 말은 그가 생각했던 빙의의 존재 의의를 알
아맞힌 것일지도 모르겠다.

나 또한 평상시처럼 가벼운 태도가 아닌 진지한 어투로
그에게 말을 건넸다.

"나 독존황을 스승으로 생각 안 하는 거 알지요?"

—헹, 이 정도 알려주면 스승이라고 봐도 무방하다.

"그거야 그렇지만 그런 생각이 들지 않으니까요. 뭔가
스승님이라고 하기에는 말이 안 나온달까요? 고아가 되고
혼자 살다 보니 누군가와 이어지는 것에 부담을 느껴 그런
게 아닌가 생각했지요."

—너도 생각이란 걸 하긴 하는구나?

"아이 참. 이런 말 할 때 자꾸 그렇게 트집 잡지 말라니
까요. 그래서 가만 생각했는데 말이지요."

―또 뭐?

"스승이 아니면요."

―그래. 스승이 아니면.

그도 나의 작은 진심을 느낀 것일까. 헛소리를 하기보다
는 조용히 나의 말을 들어주었다.

"……제 가족이 돼주실래요? 아버지는 돌아가셨어도 이
미 있으니까, 할아버지 말이에요. 할아버지. 아니면 삼촌이
라도……."

―…….

"……왜 아무 말도 없어요?"

나 다시금 거부당하는 거려나?

에이 뭐 괜찮다. 어차피 혼자 살아온 인생. 가족이 안 되
면 독존황을 스승으로라도 모시지 뭐.

'그래. 조금 아쉽기는 하지만…….'

그거면 된다. 그거면.

"에이, 뭐 너무 부담스러운 거였죠? 헤헤. 하기야 독존
황씩이나 되는 분이 어떻게 가족이 되겠……어요."

아 왜 목소리가 떨리지. 왠지 모르게 입이 잘 벌어지지가
않는다. 거절하면 된다고 하면 되는 건데.

그냥 평상시처럼 가볍게 말하면 되는 건데, 왜 입이 떨어
지지 않을까?

그때다.

―……할아버지라고 하자.

"에?"

잘못 들은 게 아닐까?

―할아버지라고 하자고. 삼촌은 좀 그렇잖느냐.

평상시 같은 말투다. 아니 평상시와 다른 말투다. 어감은 똑같은데, 말 속에 무언가가 담겨 있다.

내가 항시 갈구하던 것. 그리고 이제는 의지를 말로 표현하는 것밖에는 세상에 아무것도 하지 못하던 독존황이 가지고 싶어하던 것.

'정(情)이다.'

아아. 그토록 느끼고 싶던.

사람들 사이에 있으면서도, 가지고 싶으면서도. 느끼지 못했던 것.

혼자밖에 남지 않아 더 이상은 느낄 수 없다 여겼던 정이 내게 다가왔다.

나는 왠지 모르게 떨리는 입가를 열어 조용히 한 마디를 내뱉어 보았다.

"……할아……버지."

―……오냐.

"할아……버지. 할아버지! 할아버지. 크흡……."

―오냐, 여기 있다.

한 번, 두 번, 세 번. 말하기 어려웠던 작은 네 글자가 반복할수록 제자리를 찾아가듯 가슴에 박혀들었다.

정이라는 이름으로.

그날 나는 다시금 가족이라는 존재를 가지게 되었다.

단 한 방울의 피도 섞이지 않은, 얼굴조차도 모르는 그런 할아버지를.

하지만 내가 무슨 일이 있든 항상 함께할 그런 가족이, 할아버지가 내 곁에 생겼다.

남들은 모를 나만의 가족이.

第三章

토대를 잡다

삼 단계.

기를 움직여 목표하는 곳에 옮기기.

무공의 가장 처음을 끊는 기초라고도 할 수 있으며 동시에 무공의 끝을 볼 때까지 계속해서 수련해야 하는 것이다.

"그러니까 이걸 빠르게 하면 할수록 고수라고 쳐준다 이거군요?"

—그래. 일류까지는 그렇다. 절정에 가서는 또 다르지만 그건 그때 가서 이야기를 해 줘야겠지.

"흐음."

독존황, 아니 할아버지가 말하는 일류의 경지. 그것은 삼류나 이류에 비해서 내공 수발이 자유로운 경지라고 한다.

자신의 단전 안에 있는 내공을 얼마나 빠르게 자신이 원하는 곳으로 사용하느냐에 따라 급수가 달라진달까?

내공이 곧 힘이고, 그런 힘이 전해지는 것이 빨라야만 같은 힘을 가져도 빠른 위력을 낼 수 있기에 나뉘는 급수 같은 거라고 한다.

나도 처음에는 쉽게 이해가 안 왔다.

"그러니까 이거, 구체적인 시간으로 표현해 주면 안됩니까?"

─되겠느냐? 순간이라고 밖에 표현할 말이 없거늘.

"흐음…… 그럼 예로라도 설명해 주세요. 할아버지."

─큼…….

할아버지는 할아버지라는 말에 정말 약했다. 어떤 부탁이든 할아버지라는 말만 하면 들어주셨으니까.

잠시의 생각을 하던 할아버지가 끝내 설명을 해 주었다.

─아무리 나라고 하더라도 시간의 개념을 만들 수는 없으니 애매하긴 하구나. 흐음, 그럼 이렇게 하자. 큼, 이 할애비가 가르쳐 준 정권은 기억하지?

"예."

말이 나와서 하는 이야기지만 이 정권이라는 것, 배우는 데 조금 힘들었다. 할아버지가 말로 설명해 주는 것을 행동으로 옮겨야 했으니까.

말이 쉬운 거지, 그것을 실제 행동으로 옮기는 것은 워낙 지난한 일인지라, 많은 시행착오를 겪고서야 할 수 있었다.

지금에 와서는 말로 설명을 해 주는 것을 이해하는 속도도 빨라지기도 했고, 독존황 할아버지도 말로 가르치는 게 익숙해져 꽤 빨라지긴 했다.

—그 정권을 한 초식이라 한 것도 기억하고?

"예."

—그럼 이걸 한 초라고 하지 말고. 일 초라고 하자. 즉, 한 초식을 네 지금 속도로 빠르게 펼치는 것을 일 초라고 하자 이거야.

"아아. 이해했어요."

이해했다. 정권 내지르는 한 번에 일초라. 이해하기 편한 개념이었다. 역시 할아버지는 괴팍한 성격을 가져서 문제지, 생각하는 것만큼은 똑똑했다.

—그래. 삼류의 경우에는 단전에서 내공을 전달하기까지 삼 초 정도가 걸린다. 즉, 초식을 내뻗는다고 하더라도 모두 내공이 온전히 실린다거나 하지는 못한다 이거다.

"흐음, 원하는 곳에 내력이 도달하기도 전에 초식이 뻗어지니까요?"

—맞다. 단전에서 팔까지 보내는 데 삼 초 정도가 걸리니

삼 초식에 한 번 정도나 겨우 내공을 실어 공격하는 거지.

"전부가 아니라는 게 좀 의외네요."

─사실 이 수발이라는 것은 내공 심법에 따라 달라지기도 하니 단적인 말이긴 하지만, 그게 현실이다.

보충 설명까지 들으니 좀 이해가 갔다.

"그럼 이류는 이 초에 한 번 정도는 하겠군요?"

─맞다. 일류는 초식 하나하나에 내공 정도는 제대로 담을 줄 알아서 일류라 하는 것이지. 그래서 경지에 차이가 나면 이기기가 힘든 것이고.

"신기하네요."

내공은 힘이다. 이 힘을 담는 것에 시간차가 있으니 상위 경지를 이기는 것이 힘든 거였군.

재밌는 이야기다.

─다시 말하지만 이게 절대적인 것은 아니다. 굳이 내공을 제대로 담지 못한다고 하더라도 초식의 수준, 실전의 경험, 대련 당시 주변의 환경 등에 좌우되어 이류가 일류를 이기는 경우도 있긴 하다.

"아하, 이 정도 들으니 확실히 이해가 가네요."

사냥에서 함정을 설치할 때, 조금 어설프더라도 고급의 것을 설치하는 것이 훨씬 낫다. 초식도 그런 거겠지.

고급의 것을 사용하면 하위의 경지에 있더라도 상위의

것을 잡을 수 있는, 뭐 그런 기술 같은 거.

"그럼 저는 이게 빠르게 되게끔만 만들면 되는 거겠네요?"

—그래. 그를 위해서 막힌 혈도들도 뚫어가며 수련을 하다 보면, 기공의 경지도 자연스레 상승하면서 그 푸르죽죽한 피부가 다시 돌아오는 것이지.

"오오. 좋네요. 이제는 앉아서 하는 거 정도는 그냥 되니까, 움직이면서 하면 되겠네요."

아기가 걸음마를 배우듯 지난 한 달 동안 열심히 내공 움직이기 연습을 했다. 앉아서도, 서서도, 누워서도 내공 움직이기만 한 것이다.

푸르죽죽한 피부에서 벗어나 피부 미남(?)이 되기 위한 노력이었달까!

덕분에 이제는 약간이지만 움직이면서도 내공을 움직이는 것이 가능할 정도의 수준에 왔다.

'빠르게 움직이면 여전히 안 되지만 말이지.'

조금만 움직여도 내공 움직이기에 실패하던 처음을 생각하면 굉장히 큰 성과를 거두었다고 수 있는 상태다.

—큼큼. 그래서 이 할아버지가 생각해낸 것이 있는데 말이지. 이왕 움직이면서 내공 수발을 수련할 것이면 권법도 함께 수련하자꾸나.

"오오."

권법이라.

이제 제법 틀이 잡힌 뭔가를 배우는 건가. 이 권법을 배우면 저잣거리에 있는 삼류 무사들도 이길 수 있게 되고 뭐 그러는 건가?

*　　　*　　　*

독체권격(毒體拳擊).

독으로 된 몸으로 펼치는 권법이라는 뜻이었다. 연독기공도 그러하고 내가 익히는 무공들은 꽤나 이름 자체는 간단했었다.

그래도 권법이라고 하니 나름 많은 기대를 하고 익히기 시작한 나였다.

그런데.

"이거 그냥 쓰다가는 살인마 취급 받겠는데요?"

권법의 특성이 문제였다.

어쩌다 보니 본격적으로 무공을 익히게 된 나지만, 살인자가 되려고 무공을 익히기 시작한 것은 아니지 않는가.

그런데 이 독체권격은 살인 기술 그 자체였다.

웃기게도 이 권법에는 공격 위주의 초식밖에 없다.

연독기공을 익히고 경지에 이르면 자연스레 독인지체가 되고 외공의 효과가 생기니 연독기공의 짝과 같은 독체권격의 초식이 모두 공격형 초식이 되어버린 것이다.

거기다 재밌는 것은 독체권격은 경지에 이르지 않더라도 권법을 사용하면 자연스럽게 상대에게 독을 옮기는 것이 가능하다고 한다.

독으로 이루어진 내 내공으로 상대를 중독 시킨다는 말이다!

그렇게 되면 상대는?

"……한대 잘못 맞으면 골로 가겠네요."

—그러니 독공이 무서운 것이고 독인들이 대우를 받는 것이지.

죽는 거다. 진짜 말 그대로 관짝 하나 새로 열어야 한다는 소리다.

"조절 안 되는 겁니까?"

—그건 네가 적어도 육성에는 이르러야 될 거다. 그 전까지는 독을 통제하는 게 쉬이 될 리가 없지.

"육성이라……."

할아버지의 설명대로라면 육성의 경지는 절정의 경지.

반복적인 수련을 통해서 올라가는 일류까지와는 달리 절정에서는 깨달음까지 얻어야 한다 들었다.

"……산 넘어 산이네요."

이렇게 되면 독공을 익혀도 함부로 쓰기가 그렇다. 함부로 사람을 죽이려고 무공을 익힌 것은 아니니까.

거기다 완전히 무인이 되어 무림에 뛰어드는 것이 아닌 한, 사람 잘못 죽이고 다니다가는 살인마로 낙인찍힌다.

아니, 무림에서도 공적이니 뭐니로 낙인 찍혀 떼로 오는 무림인들에 맞아 죽는 것으로 알고 있다.

"휘유."

내가 아무리 무공을 닦는다고 하더라도 절정의 경지에 이르기까지는 함부로 쓰기도 힘들다는 소리다!

그래도 하나 희망은 있다!

―어쨌건 어서 익히거라. 남에게 내보이는 것보다도 중요한 것이 있지 않느냐.

"예이. 예이. 좋다 말았어."

오랜만에 할아버지에게 푸념을 해 보는 나였다.

그래. 그래도 이걸 익히다 보면 삼성이 되고 피부도 원래대로 돌아오겠지.

'생각해 보면 내가 누구 보여주려고 무공을 익히기 시작한 것도 아니고.'

피부가 원래대로 돌아오는 거. 그거 하나면 족할 일이지 않는가.

웃긴 게 권법을 사용하다 보면 주먹이 더 푸르게 변하긴 하지만 이것 역시 남 앞에서 사용하지 않으면 되겠지.

"장갑 하나 구해야겠네."

괜한 헛소리들을 하면서 무공을 익히기 시작하는 나였다. 그리고 그렇게 다시 한 달의 시간이 지나가고 있었다.

* * *

연독기공의 방식대로 단전에 있는 기를 모은다. 독체권격의 초식에 맞춰 혈도를 타게 만들어 주먹으로 기를 움직인다. 그러고는.

퍼어어어억.

크직.

"오오오오."

나무판에 작렬한 나의 주먹에 나무판 몇 개가 그대로 쪼개진다. 비록 그리 두꺼운 나무판은 아니라고 하더라도 보통 사람들은 하기 힘든 일이다.

"한 개. 두 개. 세 개. 네 개…… 열다섯."

오오. 무려 열다섯 개다!

뛰면서 내리찍은 것도 아니고 가만히 서서 초식을 내질렀는데 열다섯 개나 조각을 낸 것이다.

내가 한참을 두고 감격하고 있으려니 할아버지가 말을 걸어온다.

─그리 좋으냐?

"네! 좋죠. 이상하게 초식만 사용하면 주먹이 푸르죽죽해지기는 하지만, 그래도 강해지긴 한 거니까요."

─허허. 강함. 강함이라…….

이 정도 주먹이면 잘만 하면 늑대도 때려잡을 수 있을 거다. 아니, 독체권격에는 연독기공의 독도 함께 실리니 생각보다도 더 쉽게 잡을 수 있을 거다.

'한 방. 오직 한 방이면 되니까.'

강함이라는 새로운 것에 잔뜩 흥분이 되어 가는 나였다.

"우오오오. 이제는 피부도 거의 다 돌아온 거 같고. 이 힘만 잘 사용하면 사냥도 문제가 없겠네요. 흐흐."

드디어 오랜 고생 끝에 낙이 오는 걸까? 왠지 모르게 일이 잘 풀려 나가고 있는 듯했다.

*　　　*　　　*

권법은 계속해서 수련하고 있었다.

이왕 익히기 시작한 것, 제대로 익혀 보기로 마음먹었으니까.

내가 무공을 익히는 것은 이제는 할아버지가 된 독존황의 바람이기도 해서 더욱 익힐 필요가 있었다.

'문제는 지금처럼 실전에 쓰기는 애매하다는 거지만.'

무에 대한 생각을 하면서도 나는 어슬렁어슬렁 걷는 늑대를 가만히 주시하고 있었다.

잡생각이 많은 듯했지만, 이런 방식의 탐색은 사냥을 할 때 기다림이 많은 나로서는 최선의 방법이었다.

기다림을 버텨내기 위해서는 뭔가 생각이라도 해야 시간이 잘 가기 때문이다.

'잡아 볼까?'

무리 생활을 하는 것이 늑대다.

그런데도 홀로 있는 것을 보아하니 나이가 먹어 무리에서 쫓겨났거나, 우두머리 자리를 두고 다투다 쫓겨난 늑대다.

이유가 어느 쪽이든 혼자 있다는 것은 달라지지 않는다. 중요한 것은 저런 늑대는 가죽만 가져다 팔아도 꽤 괜찮은 대가를 얻을 수 있다는 점이다.

허리춤에서 화살 하나를 꺼내서 손에 가져다 대었다. 그리고.

스으으윽.

"……."

화살에 있는 날을 이용해서 피를 먹였다.

제법 따갑기는 했지만, 무리 없는 사냥을 위해서는 이게 최선이었다.

'내가 가진 모든 것을 이용하는 것이 사냥이니까 말이지.'

독공 덕에 내 몸의 피에는 독이 흐른다. 어지간한 사람 하나 정도는 쉽게 죽일 수 있는 그런 피가.

독을 식량으로 하다시피 먹어 댄 결과이기도 했고 독공이라면 자연스레 있는 부작용 같은 거다. 쉽게 말해 독에 피가 오염되어 있는 거다.

나는 그런 피를 사냥에 이용하고 있는 거다. 독존황 할아버지가 말하는 무인으로서의 자세와는 전혀 다른 사냥꾼으로서의 방법.

—……쓰라는 독공은 안 쓰고. 네 고집을 누가 이기겠느냐. 휴우.

할아버지가 한숨을 쉬었다. 확실히 무인에게 이런 방식은 어울리지 않을지도 모르겠다. 하지만 사냥꾼의 아들로 나고 자란 나로서는 사냥꾼의 방식이 더 익숙했다.

'정신을 집중하고.'

모든 초점을 늑대에게로 모은다. 지금 이 순간만큼은 오직 저 늑대에게 모든 심력을 쏟아붓는 거다.

자아, 자리를 잡으려무나. 딱 한 방이면 된다. 딱 한 방.

한 걸음. 한 걸음. 내 옆을 스쳐 지나가고 있는 그 때.

지금!

때를 기다렸던 손을 놓았다.

쉬이이이이익.

타악.

"끼에에에엥."

나의 화살이 늑대의 엉덩이께에 가서 꽂혔다. 독이 아니더라도 제대로 된 한 방을 쏘고 싶어 했던 나로서는 아쉬운한 방이었다.

"쳇."

─그러게 주먹으로 때려잡는 것이 낫다니까?

"그건 위험하잖아요."

잔소리를 들으며 늑대에게 다가가는 나였다.

"크르르륵. 크륵."

게거품을 물고 있는 것이 엉덩이에 맞았어도 효과는 확실한 듯했다. 독이 제대로 들어간 것이다.

독 때문에 고기는 팔지 못하겠지만 상관은 없다. 늑대 고기란 것이 생각보다 맛있지는 않아서 어차피 값이 별로 나가지 않기 때문이다.

그래도 엉덩이에 화살이 박힌 덕에 가죽 자체에는 상한

곳이 하나도 없다고 봐도 무방했다.

"미간을 못 맞춘 건 아쉬워도 돈 좀 되겠는데요?"

―그렇겠지.

"이거 팔아서 은행이랑 감자나 대량으로 사야겠네요. 독
공을 익히는 데는 두 개가 제격이니까요."

―이참에 사성으로 올라가면 콩도 구하도록 해라. 잘만
활용하면 그 무엇보다 강한 극독을 만들 수 있으니까.

"흐음, 참고하지요."

콩이라. 콩으로 만든 독이 그리 강하다고 했었지? 감자
독 같은 것은 비교도 안 될 정도로 말이야.

독공을 익히면서 알게 된 거지만 세상은 정말 독 천지라
니까? 내가 지금까지 몸 하나 잘 건사하고 살고 있는 게 신
기할 정도야.

스으으윽. 스윽.

늑대 가죽을 벗기고 있으려니 독존황 할아버지도 제법
회가 동했는지 부연 설명을 더해 주었다.

―그래. 그리 많은 양을 필요로 하는 건 아니지만 연습을
좀 해야 하니 제법 구매해야 할 게야.

"예이. 예이. 이 늑대 가죽을 가져다 팔면 은자 닷 냥은
나올 테니 그걸로 삽지요. 식량이 곧 독이고 독이 식량이니
생각보다 좋네요. 흐흐."

독공을 익히면 썩은 감자도 식량이다. 독을 품은 은행도 식량이고. 매일 같은 것을 먹는 게 고되긴 하지만 그래도 수련 겸 식량이 되는 게 어딘가.

식비가 조금 비싸지는 것일 뿐 따로 돈이 드는 것도 아니어서 나로서는 독공 익힐 맛이 났다.

일석이조이니. 꽤 신이 난달까?

—닷 냥 버는 것이 그리 좋으냐?

"예. 혹시나 해서 말합니다만 낭인은 안 합니다?"

—지금 네 실력이면 삼류는 된대도? 그 정도면 모르긴 몰라도 낭인 일 한 번에 은자 열 냥씩은 벌 거다.

"사람 죽이는 게 싫다니까요? 자아, 어쨌든 다했으니 가자구요."

이야기를 좀 하다 보니 어느 덧 늑대 가죽을 전부다 벗기는 데 성공했다.

구멍도 없고 무두질도 잘 했으니 가서 잘 말리기만 하면 닷 냥이 아니라 여섯 냥을 벌 수도 있을 거 같다.

"후후. 좋군."

—그래. 내가 졌다 졌어. 대신 집에 가서는 수련을 열심히 해야 한다. 알겠느냐?

"예이."

오늘 사냥은 정말 제대로 성공했군. 자아, 이제 집에 가서 수련이나 따로 해 볼까나.

＊　　　＊　　　＊

"룰루루."

절로 콧노래가 나는 길이다. 사냥에 크게 성공했다 보니
집에 돌아가는 그 길이 그렇게 신 날 수가 없었다.

'독이 있기 전에는 늑대만 봐도 피해야 했는데 말이지.'

독만 사용하면 생각보다 쉽게 사냥이 되기도 하고, 화살
한 방에 죽일 수도 있으니 가죽이 상하는 일도 거의 없다.

이렇게 늑대도 잡고 보니 정말 독공이 최고라는 느낌이
다. 이럴 줄 알았으면 처음 독공을 가르쳐 준다고 할 때 배
울걸 하는 후회가 들 정도랄까.

"으음?"

한참을 이런저런 생각을 하며 가고 있는데, 어두워져 가
는 숲을 뚫고 내 귀로 전해지는 소리가 하나 있었다.

나와 오감을 공유하고 있는 할아버지가 나보다 빠른 상
황 판단을 내려줬다.

─싸움이다.

"싸움이요?"

─그래. 아까부터 들리지 않는 벌레 소리부터, 쇠붙이들

이 부딪치는 소리까지. 약간이지만 피부가 싸한 느낌이 들지 않느냐?

"……그런 거 같네요."

—그게 전에 말한 살기다. 어서 가 봐라.

싸움터에 가야 한다고? 그냥 피하면 안 되는 건가?

복잡한 것을 피하는 내 성격을 알고 있는 것인지 첨언을 더하는 할아버지였다. 평상시의 가벼운 태도는 어디로 가고 어느새 꽤 무거운 어조였다.

—어차피 집에 가는 길에서 벌어진 싸움이다. 지금 피한다고 하더라도 나중에 가서는 상황 파악도 못한 채로 피해를 받을 수 있어. 모르고 당하는 것보다는 미리 알고 대비를 하는 것이 낫다.

할아버지의 말이 옳다. 왜 하필이면 내 집에서 싸우는지는 모르겠지만, 이미 벌어진 일이니 대비를 해야 한다.

"갈 수밖에 없네요."

—그래. 어서 움직여라.

움직이자.

*   *   *

조용하지만 빠르게 몸을 움직여 소리가 나는 곳으로 가

보았다.

이미 익숙한 길이기도 하고 독공 덕분에 시력과 청력이 강해진 덕분에 들키지 않고 먼 곳에 자리를 잡을 수 있었다.

'더도 말고 덜도 말고 딱 칠십 장 정도인가.'

시야가 확 트인 평지라면 이 정도 거리에 들킬 수도 있을 거다.

─시체 넷. 살아 있는 건 여섯인가. 몸놀림을 보아하니 복면인 쪽은 둘 빼고는 모두 일류로구나? 대치하고 있는 아이는, 어디 보자. 절정인가? 그것도 완숙한 절정이야. 나이도 어려 보이는데 대단하군.

"한눈에 봐도 그런 것을 알 수 있는 겁니까?"

혹시 들킬까 싶어 아주 조용히 속삭이듯 말했다. 그럼에도 할아버지는 충분히 알아들은 듯했다.

─그래. 무라는 것은 곧 몸으로 행하는 것. 이 정도쯤은 기본이다. 나 또한 너의 오감을 빌어 느끼는 것이니 너도 경험이 쌓이면 알게 될 거다.

"흐음. 신기하네요."

─숫자로 밀리는 것으로 보아 오래 가지는 않겠군. 복면인 쪽이 이길 것이다. 잘 보고 있거라. 저게 무인들의 싸움이다.

"……."

할아버지는 지금의 광경도 학습이 되는 거라 여겼는지, 그 뒤로 아무 말도 하지 않은 채로 있었다.

하지만 나의 난장판으로부터 도망치겠다는 마음은 어디로 가고 다른 생각이 들고 있었다. 아니 마음에 걸리는 것이 있었다.

보고 있어야 한다라?

처음부터 보지 않았다면 모르겠지만, 이미 보게 된 지금에 와서는 마음속에 걸리는 것이 생겨 버렸다.

'……저녁이 되기도 전에 복면을 차고 있는 것들이 제대로 된 놈일 리는 없지 않는가?'

무슨 사정이 있는지는 모르나, 어느 쪽이 잘못된 쪽인지는 알겠다.

힘이 없는 전이었다면 모르는 척 넘어갈 것이었으나 지금은 독공도 익히지 않았는가.

오늘 독을 사용해서 늑대를 잡았듯 잘만 독을 이용하면 이 상황을 생각보다 쉽게 도와줄 수 있을 것이다.

스으으으윽.

허리춤에 있던 화살을 다시 꺼내어 독을 묻혔다.

평상시라면 전투에 쌍수를 들고 좋아하셨을 할아버지가 내 생각과는 다른 말을 했다.

—……나서면 강호에 몸을 담게 되는 것이야. 각오가 서지 않았다면 아서라.

'각오. 각오라.'

사람이 사람을 구하는 데 각오가 서야 하는 건가? 누가 보아도 잘못한 쪽이 명백해 보이는데?

모르겠다. 나는 그저 나의 정의를 위해서 살 뿐.

내 눈앞에서 곤란을 당하는 사람을 모른 척할 정도로 썩 지를 못했다. 멍청하게도 나란 놈이 그렇다.

손에 화살을 메긴다. 집중을 한다. 그리고 때를 기다려서 손을 놓는다!

쉬이이이이이이이이이익.

공기를 뚫고 날아가는 화살.

단 한 발의 화살이었지만 내게는 강호인이 되는 신호탄이었다.

第四章

첫 실전

"크윽……."

절정 고수를 상대하고 있는데 뒤에서 화살을 날려서 일까? 화살은 복면인의 등에 제대로 박혀 들어갔다.

아무리 일류라고 하더라도 독에 물든 화살이 등에 박히면 죽을 수밖에 없었다. 내공을 이용해서 독을 막기도 전에 중독되기 시작하니까.

"……하나."

왕정이 독존황에게 들릴 만큼 아주 작게 읊조린다.

사냥꾼의 본능이 발동된 것인가? 소음을 듣고 도망을 치려던 처음의 자세와는 전혀 다른 냉막한 모습이다.

—……사냥꾼의 방법이 이렇게 잘 먹힐지는 생각도 못
했구나.

늑대를 잡을 때까지만 해도, 주먹으로 때려잡길 원하던
독존황이다.

하지만 지금의 광경을 보면서도 사냥꾼의 방식을 인정하
지 않을 수는 없었다.

무림의 기준으로 왕정은 잘해야 삼류다. 그런데 단 한 방
으로 삼류인 그가 일류를 죽였다.

환경이나 상황적인 유리함이 있긴 했지만 그걸 감안한다
고 하더라도 그는 일류를 죽였다.

무려 일류를 삼류가 죽인 거다!

—좋구나. 네 방식도.

"……이동할게요."

독존황이 감탄을 하고 있는데, 어느새 사냥꾼의 냉막 한
눈을 하고 있는 왕정은 몸을 움직이기 시작했다.

같은 곳에서 활을 날리다가 위치를 들키게 되면 아무리
왕정이라고 하더라도 죽을 수밖에 없기 때문이다.

'……삼십 보쯤.'

이동을 하면서 절정 고수를 보니, 하나가 빠진 덕분에 전
에 비해서 여유를 되찾은 듯했다.

아직까지 좋은 상황은 아니지만 자신을 도와주는 조력자

가 있다는 것에서 오는 여유이리라.

순식간에 삼십 보를 이동한 왕정이 자신의 앞에 작은 함정을 설치했다. 간단하지만, 적을 잡아채는 데는 효과적인 올무다.

그리고 그 옆의 풀에도 자신이 미리 가지고 있던 줄을 묶는 그였다.

―무엇 하는 거냐?

"사냥에서 요행은 한 번이니까요."

―흐음, 요행이라…….

사냥꾼 사이에는 초보 사냥꾼이 호랑이를 잡는 일이 가끔 있다. 하지만 그건 운이고, 요행이다.

한 번 호랑이를 잡았다고 해서 다시 호랑이를 잡으러 가는 멍청한 사냥꾼은 어디에도 없다.

왕정은 그걸 말하는 거다.

'절정 고수 때문에라도 한 번은 나를 무시하겠지.'

하지만 두 번은 아니다.

일류 고수는 자신에게 호랑이. 한 번 요행으로 잡았으니 두 번째에는 그보다 철저한 준비를 하고 있어야 했다.

"……."

평상시의 가벼운 모습을 버린 왕정.

그는 다시 자세를 잡고서는 화살대에 자신의 피를 묻혀

독화살을 만들었다. 그러고는 아까보다도 더욱 빠른 속도로 화살을 날렸다.

쉬이익!

타아아악!

"……크읍. 도, 독."

절정 고수를 노리고 있던 일류 하나가 비틀거렸다.

복면인들을 상대로 분투를 하고 있던 절정고수는 타고난 전투 감각이 있는 것인지 그때를 놓치지 않고 바로 비틀거리는 일류고수의 목을 따주었다.

'좋군.'

이것으로 왕정의 손에만 두 명이 죽었다.

사실 이것까지도 요행이라고 할 수도 있는 상황. 더 이상의 요행은 적들도 용납하지 않는 것인지, 복면인 중 하나가 손짓을 해서 셋을 내보냈다.

작은 손짓에도 빠르게 행동을 취하는 것으로 보아 복면인들은 꽤나 고된 훈련을 받은 이들이 분명했다.

그렇지 않고서야 저런 신속함이 보일 리는 없다.

일류가 둘이나 빠졌으니 적을 상대로 분투하고 있는 절정 고수도 여유를 가질 수 있으리라.

'온다.'

왕정이 화살을 날린 방향으로 이동을 해서 오고 있는 일류 고수 둘. 지금부터는 그동안 자신이 겪어 왔던 모든 경험을 살려서 적을 죽여야 했다.

오른손에는 화살을 챙기고는 왼손에는 자신이 풀을 묶어 두었던 줄을 조심스레 쥔 왕정이 사냥꾼답게 익숙한 몸놀림으로 풀 사이를 헤치고 지나갔다.

—경공도 아닌데, 신기하구나.

"사냥꾼은 맹수를 상대해야 하니까요."

위험해서 맹수고, 타고난 감각이 고수와 같은 것이 맹수다. 그런 맹수를 상대로 이동을 하려면 어떻게 해야 할까?

맹수도 알아채지 못할 만큼 은밀하게 이동을 해야 하는 것이 당연했다!

그래서 사냥꾼은 숲에서만큼은 고수처럼 은밀하고 빠르게 이동할 수 있는 것이다. 이런 이동법을 알고 있어야만 한 사람의 몫을 하는 사냥꾼이라 할 수 있으니까.

비록 아버지로부터 오랫동안 사냥법을 전수받은 것은 아니지만, 성심을 다해서 익혔던 거다.

그래도 부족했던 점은.

'아버지로부터 배우지 못한 것은 몸으로 떼워서 배워냈으니까.'

숲 속에 사냥꾼으로 살면서, 맹수를 피해 도망가고 먹고 살기 위해 사냥을 하면서 익혔다. 그래서 십 대라는 어린 나이에도 한몫을 하는 사냥꾼이 된 거다.

지금 이 순간 그가 목숨을 걸고 익혀 왔던 사냥꾼의 이동법이 활약을 해 줬다.

"어디!?"

일류 고수 두 명이 왕정이 날린 화살의 방향을 보고 근처까지는 왔으나, 그를 찾지는 못한 것이다.

'지금!'

그런 그들을 보면서 가만히 시간을 재고 있던 왕정이 자신의 왼손에 쥐고 있었던 풀을 흔들었다.

"저기다!"

"저기!"

일류 중 둘이 왕정이 흔든 풀을 보고는, 그의 인기척이라고 여긴 것인지 경공을 써서 빠른 속도로 달려갔다.

빨리 처리하고 아군을 도우려는 생각에 너무 급하게 달려간 것일까?

"……큭."

가장 먼저 달려가 검을 휘두르려던 일류의 고수가 왕정이 설치한 올무에 걸려 넘어진다. 그리고.

쉬이이이이익.

타악. 올무에 걸려 균형을 잃었던 그의 등에 왕정의 선물이 박혀든다. 역시나 독이 묻혀져 있는 화살이었다.

'셋.'

이제 남은 것은 하나.

화살의 방향을 보고 바로 쫓아오고 있는 남은 하나는 어떻게 처리해야 하는가?

방법은 뭐지? 사냥꾼답게? 무인답게? 어떤 방법을 사용해야 사는가!?

'어떻게든 살아야 해!'

사냥을 나섰다가 독사에 물린 마지막 그 순간. 그때도 발동했던 그의 생존본능이 짧은 순간!

그에게 끊임없이 요구했다. 어떻게든 살아남을 방법을 생각해 내라고!

자신을 향해 검을 빼어 들고 달려드는 저 일류고수를 어떻게든 이겨 내라고! 살기 위해서!

고아가 되고서도 홀로 살기 위해 분투했던 그 독기를 보여 보라고!

독. 독이 흐르는 몸.

사냥을 위한 단검. 활, 화살. 올무.

자신이 가지고 있는 것들을 끊임없이 생각하고 무엇을 사용할지 고민한다.

활과 화살은 이제 소용없다. 작은 함정들도 설치할 시간이 없다. 그렇다면 남은 건?

독혈이 흐르는 피와 독체권격을 익힌 몸.

그리고 사냥을 위한 단검이다.

여기에 방법이 있다.

'그래, 적을 죽이고 내가 살아남을 방법이 있었어.'

"크읍."

―뭐 하는 짓이냐!?

사냥용 단검을 쥐어든 왕정이 단검으로 자신의 팔을 그어버렸다. 한 치, 두 치의 작은 상처가 아니다.

손바닥에서부터 팔뚝에까지 길게 이어지는 한 줄기 선이다.

적을 죽이려고 했던 것이 아니라, 적에게 죽기 싫어 자살이라도 하려는 것인가?

적의 검에 맞기 전에 과다 출혈로 죽고 싶기라도 한 모양인지 그가 왼쪽 팔에 그려 넣은 혈선은 길디긴 검에 베인 만큼 길었다.

"……."

왕정은 아무런 말도 하지 않은 채로 그가 낼 수 있는 최대한 빠른 손놀림으로 왼쪽 팔에서 흘러나오는 피를 양팔 전체에 바르기 시작했다.

그런 그가 걱정이 되었는가? 독존황이 그에게 주의를 준다.

—네 독에 네가 당할 수도 있다. 너는 아직 네가 가진 독을 통제하기에도 벅차.

독존황의 말이 맞다.

왕정은 이제 연독기공 삼성이다. 독인이 되어 가는 과정 중에 있는 것이지, 피에 독이 흐르더라도 그는 아직 독인이 아니다.

권법을 사용할 때마다 진기를 타고 흘러가는 독에 의해 몸이 녹색으로 물들어 버릴 만큼 그의 독에 대한 통제력은 낮디낮다.

자신이 가지고 있는 독에 자신이 당할 수도 있다는 소리다!

독존황의 걱정에도 왕정은 단호하게 자신의 말을 할 뿐이다.

"그건 나중에. 일단은 살고 봐야지요."

—어떻게? 이건 자살이 될 수도 있다. 차라리…….

독존황이 무슨 말을 하기도 전에 일류 고수가 왕정을 찾아왔다.

"어린놈이!"

바로 검을 빼어 들고 달려드는 일류 고수. 그런 일류 고수를 그 어느 때보다 냉막한 눈으로 가만 바라보고 있는 왕정.

짧은 순간.

왕정은 다른 것은 생각하지도 않은 채로 일류 고수의 검만을 바라봤다.

자신의 생존본능이 외치는 대로라면 단 한 번! 단 한 번만 저 무지막지한 검을 피해내면 되었다.

일류 고수답게 진기가 실려 있는 검을!

'한번만 제대로!'

팔에 독을 바름과 동시에 일류 고수가 오기까지 온몸의 진기를 휘돌리고 있던 왕정이다.

그런 그에게 적의 검이 달려드는 때.

휘이이이익!

독체권격에 실려 있는 공격법으로 복면인에게 달려드는 왕정이었다. 피하기보다는 달려들어 맞섬을 택한 것이다.

"이, 이놈!"

딱 봐도 자신보다 약한 녀석이 달려들 거라고는 생각하지 못한 걸까? 왕정을 쫓아온 일류 고수가 당황스럽다는 듯이 반 보 물러났다.

독을 쓰는 왕정이니 혹시 모를 독이 무서워 반 보 물러선 것이다. 무림인다운 조심스러운 태도!

하지만 그 조심스러운 태도가 사냥꾼의 방식으로 사냥을 하는 왕정에게 호재를 낳았다.

독체권격의 오묘한 금나수법으로 상대의 검을 잡고.

손에 피가 흘러듦에도 왼손으로는 검을 잡은 상태로 남은 오른손으로 검을 쥔 적의 손을 잡아내는 왕정이다.

물 흐르듯이 흘러든 왕정의 한 수.

단 두 초식이지만, 왕정의 단전에 있던 내공이 바로 이어지지 않았다면 이런 장면은 그려지지 않았으리라.

삼 초식에 한 번이나 겨우 진기를 실을 수 있는 삼류의 왕정에게 이어진 요행이고, 행운.

그리고 그 요행이자 행운이 승패를 갈랐다.

"크. 도, 독인이냐?"

"……아직은."

아직은 독인이 아니다. 하지만 그의 피는 독인의 독혈과 같다.

"……큽. 좋……은 승부였다."

"……."

죽는 순간에도 승패의 옳고 그름을 가르는 건가. 이럴 때는 어떻게 대답해 줘야 하는가?

'이게 무인의 방식인가?'

아직까지는 사냥꾼의 방식으로 적을 사냥하듯 상대하고 있는 왕정으로서는 복면인의 말에 아무런 답도 할 수 없었다.

그가 아무런 말도 하지 못한 사이 독에 중독된 복면인이 결국 죽음에 이르렀다.

왕적이 익힌 연독기공은 썩은 감자로 익힌 독공임에도 일류고수를 죽일 수 있을 만큼 강한 독이었던 것이다.

—그럴 때는 무인의 예로 답해줘야 하는 거다. 하기야 네가 그걸 하겠느냐만은.

"또 타박입니까?"

—크큭. 그래. 그래도 아주 잘 해주었다. 사냥꾼의 방식이란 것도 아주 쓸 만한 방식이었어. 두 번 그렇게 싸웠다가는 손이 남아나지도 않겠지만.

"……큽."

이런. 답도 하지 못할 상황이다. 팔에 묻은 독혈이 그의 몸을 잡아먹기 위해 달려들고 있으니까.

웃기게도 자신의 피에 자신이 중독 된 것이다. 이럴 때 방법은 하나다.

'……기공을.'

연독기공을 운용하기 전에 남은 절정 고수 둘의 복면인과 전투를 벌이고 있는 절정의 여인을 바라보며, 왕정은 눈을 감았다.

살기 위해 기공부터 돌리려는 것이다.

*　　　*　　　*

절정의 여인이 남은 복면인들을 처리한다면 자신은 살 거다. 그녀가 죽으면, 자신도 죽겠지.

생각해 보면　너무도 도박적인 끼어듦이 아니었는가도 싶다.

'……그래도 아직은 기공이 돌아가고 있으니까.'

아직 죽은 건 아니다.

연독기공은 독존황이 최고의 무공이라 자부할 수 있을 정도의 무공. 덕분에 기공을 사용하면 자연스레 상처 치료를 돕는다.

무림에 있다는 불사공(不死功)처럼 눈에 띄는 재생의 수준은 아니라도 지혈을 하고 상처를 막는 것 정도는 가능하다.

덕분에 왕정은 연독 기공의 강력한 공능으로 말미암아 짧은 시간 만에 자신의 피로 인한 독을 흡수하고 상처의 악화를 막아 내었다.

약 한 각 만에 일어난 일!

"크흠."

자신의 도박이 성공해서 절정의 여인이 승리한 것일까? 아니면 복면인들이 승리하고 자신을 고문하기 위해서 기다리고 있을까?

이왕이면 전자의 상황이기를 바라면서 왕정은 기공을 마무리하고 감았던 눈을 떴다.

"……"

"……"

둘의 눈이 마주친다.

한 명은 의문에 가득 찬 눈을, 또 다른 안도에 가득 찬 눈을 하고서.

그것이 왕정 그의 고됐던 첫 실전의 마무리를 알리는 일임과 동시에 그녀와의 첫 만남이었다.

*　　*　　*

호위라도 하고 있었던 건가?

"전투가 끝나고 네 옆을 지키고 있었다."

확실해졌군. 절정 고수인 그녀가 자신의 곁을 지켜주고 있었음이 분명하다. 진기를 운용하다 혹시라도 일이 생길까 해줬던 거겠지.

"고맙습니다."

"나야말로 고맙다."

고맙다?

같이 전투를 벌였다지만, 초면이나 마찬가지인 판국에 반말이라니. 호위 때문에 올라갔던 호감이 조금 떨어지는 기분이다.

내가 가만 있자, 그녀도 자신의 실수를 깨달은 건지 다시 입술을 열었다.

"아. 원래 말투가……. 고맙습니……다."

보아하니 명가의 후손인 듯하다. 그쪽 아이들이 보통 저런 말투를 가지고 있으니까.

'그래도 이러는 것은 아니죠.'

라고 생각을 하지만, 한 몸에 있는 독존황이라 하더라도 자신이 무슨 생각을 하고 있는지는 모른다.

나중에나 설명을 해줘야지 하면서 왕정이 그녀에게 입을 열었다.

"당연한 일을 한 것뿐입니다. 대낮부터 복면인들이 여인 하나를 노리면 그게 정상적인 상황일 리가 없으니까요."

"임무 수행 중에 당한 일이었……."

그러자 그녀가 답을 하려고는 하는데, 왠지 모르게 갑갑해하는 느낌이었다. 몸에 안 맞는 옷을 입은 듯한 모양이랄까.

원래 그런 것이라면 딱히 악의가 있어 그런 것도 아니기에 나는 그녀에게 다시 입을 열었다.

"아아. 말투가 원래 그런 거면 원래 말투대로 하세요. 악의가 있어 그런 것이 아닌 걸 알았으면 됐으니까."

"고맙다."

"예이. 예이. 그나저나 사정 좀 설명해 주겠어요?"

"물론."

독존황부터 시작해서 어째 자신이 만나는 무림인들은 다 뭔가 나사가 하나 빠진 사람뿐이로구나.

라는 생각을 하면서 왕정은 그녀가 하는 설명에 대해서 듣기 시작했다.

그녀가 밝히기로 자신은 무림맹에 속해 있는 무사들 중 하나라고 한다. 때문에 무림맹의 임무를 수행하는 중이었고.

그렇게 무림맹 임무를 수행하다가 어찌 된 영문인지 정보가 새어 나갔단다.

덕분에 먹잇감 신세가 된 그녀에게 무림맹의 반대파 중 하나라 할 수 있는 사혈련의 무사가 들이닥친 거고.

그들이 만든 추격망을 뚫고 나오다, 마지막으로 상대한 복면인들이 내 손에 쓰러진 자들이라는데, 시간이 좀 더 지나면 다른 추격대도 들이닥칠 거라고 한다.

무림에 관해서는 잘 아는 것이 없어서 맞는 말인가 싶은 찰나에 할아버지가 설명을 해주었다.

—맞을 거다. 예나 지금이나 무림은 비슷하게 돌아가니까. 다만 숨기는 게 있다면…… 말투나 나이에 맞지 않는 실력으로 보아하니 분명 명가의 자손일 텐데, 굳이 말하지 않는 것은 무슨 사연이 있어서겠지.

사연이라. 사람마다 각자 사연이 있는 것은 이해할 수 있는 일이다.

나만 하더라도 고아가 된 사연이 있고, 자의든 타의든 함께 하게 된 독존황 할아버지라도 사연이 있으니까.

아직 나이는 어리지만 그 정도는 이해한다.

'그나저나 정말 대단하네.'

내가 무공을 배운 지 얼마 되지는 않았다지만 아직 삼류다.

그런데 나와 비슷한 또래로 보이는 그녀는 깨달음이 있어야 올라설 수 있는 경지인 절정에 이르러 있다.

무공을 익히면 노화가 늦게 진행되니 실제 보이는 것보다는 나이가 많긴 하겠지만, 그래도 잘해야 이십 대 초반에서 중반일 그녀다.

그런 나이에 절정이라니. 아무리 생각해도 대단하다.

'거기다 외모도 그렇고…….'

처음 전투를 할 때만 하더라도 외모에는 신경도 쓰지 못했지만, 대화를 하면서 정신을 차리다 보니 그녀의 미모가 한눈에 들어오기 시작한다.

오뚝한 콧날과 그 사이로 적당한 곳에 자리 잡은 눈매.

눈 끝이 약간은 날카로운 듯 보이지만 그 눈이 자리한 백설같이 하얀 피부와 두툼한 듯 얇은 듯 미묘한 균형을 잡고 있는 입술 덕분에 날카로운 눈매마저도 또 하나의 미(美)로 보인다.

한 마디로 절색의 미녀다.

그것도 내가 지금까지 보았던 여인들 중에서 가장 아름다운 여인이다. 그 넓은 중원에서도 그녀다운 미모를 가진 사람은 몇 되지 않으리라.

—쯧. 반쯤 홀렸구나. 무림에 나가면 여자와 노인을 조심하라고 했거늘…….

할아버지도 참. 이 여자와 함께 하기로 한 것도 아니고 외모 좀 감상한 거 가지고 잔소리다.

'걱정을 해서 그러는 것은 알지만…….'

그때. 그녀가 묘한 매력을 가진 입술로 내게 말했다.

"……도와 줄 수 있어?"

"어? 응……."

나도 모르게 반말에 대답까지. 으어어억. 나 어떻게 해?
이거 할아버지 말대로 홀린 거 같은데?

第五章

움직이다

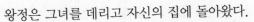

왕정은 그녀를 데리고 자신의 집에 돌아왔다.

그녀를 돕기 위해 여행 아닌 여행을 하게 되었으니, 짐이라도 챙기려고 들른 것이다.

썩힌 감자, 말려 놓은 약간의 은행. 모두 독공을 수련하기 위해서 마련해 놓은 물품들이다. 또한 그의 식량이기도 하고.

독공을 수련하기 위해서 맛을 포기한 그이기에 식량 겸 수련 용품이 되는 것이다.

사람의 큰 행복 중에 하나인 맛을 수련을 위해서 포기한 것을 보면 확실히 왕정도 보통 놈은 아니다.

홀로 살아남기 위해서 얻은 외골수적인 성격이 수련 같은 것에서도 드러나는 것이리라.

짐을 챙긴다고 온 왕정이 쓰레기라고 할 수 있는 감자를 챙기는 것을 보고 이해를 할 수 없었는지 그녀가 물었다.

"뭐하는 거지?"

"숭산까지 가야 한다고 하지 않았어?"

자신이 반말을 해서인지 그녀 또한 그가 반말을 하는 것을 신경 쓰지 않았다. 본래부터 이런 쪽에는 무신경한 여인이 아닌가 싶다.

그녀가 대답 대신 고개를 끄덕여 긍정을 표했다.

아무런 말도 없이 계속 왕정을 주시하고 있는 것을 보면, 왕정이 비상식적인 모습으로 짐을 챙기는 이유가 궁금한 모양이었다.

"내가 익힌 것이 독공인 것은 알지?"

"그래."

"그래서 그런 거야. 독공을 익히려면 독이 필요하니까."

"그게 독이 되나?"

"어. 나도 몰랐었는데 우리가 살아 있다는 것 자체가 기적이더라고. 별의별 것들이 다 독을 가지고 있고, 심하면 죽을 수 있는 정도던데."

왕정은 독존황이 알려준 독에 대한 지식들을 조금씩 풀

어 그녀에게 설명을 해 주었다.

바람둥이와 같은 부드러운 말도, 배려하는 듯한 모습도 없지만 평상시와 달리 투덜대는 말투가 없는 것만 보더라도 꽤나 그녀에게 빠져든 것이 분명했다.

─휴우, 자식 키워 봐야 소용이 없다더니(?)…… 오늘 본 여아한테 빠져서는 이 할애비보다 잘해 주는구나? 이미 말한 건 어쩔 수 없지만 이만하도록 하거라. 네가 지금 말하는 것은 결코 얕은 지식이 아니야.

순간 움찔하는 왕정이다.

자신이 말한 지식이 독존황으로부터 온 것을 그제야 자각한 것이리라.

사냥꾼의 비법이 소중한 것이듯 무공의 지식 또한 소중한 것임을 근래에 자각했던 왕정은 나중에 사과를 해야겠다 생각하며 조속히 설명을 마무리 했다.

이미 많은 것을 설명한 셈이긴 하지만, 그래도 중간에 멈춰서 다행이긴 했다.

'어디 가서 내가 알려 준 것을 이용할 여자 같지는 않지만, 그래도 혹시 또 모르는 거니까.'

중간에 끊긴 했지만 독존황이 말을 해 줄 때까지 자각 없이 술술 내뱉은 것을 보면, 왕정은 여자에 약한 것이 분명했다.

어린 나이에 홀로 살아남는 모습, 기감을 제외하고는 제법 무공을 빠르게 배우는 모습, 첫 실전으로 일류고수를 죽인 모습을 보고 있노라면 타고난 재능이 꽤 있는 왕정이었거늘 여자에 약하다는 의외의 약점이 있었던 것이다.

—네놈도 어쩔 수 없는 사내인 게야. 경험을 하다 보면 나아지겠지.

"윽."

"음?"

설명을 하다 말고 움찔거리기만 하는 왕정이 이상했는지 그녀가 고개를 갸웃하며 바라본다. 그 모습이 또 너무 아름다웠는지 여자에 면역이 덜 된 왕정이 또 움찔한다.

이래저래 그녀를 보고 나서부터 자신을 제대로 통제하지 못하는 왕정이었다.

분위기를 바꿔보려고 한 것인지 왕정이 별안간 행동을 크게 하면서 그녀에게 말했다.

"어쨌든 내 수련용이자 식량이기도 하니까 챙겨야 하는 것들이야. 설명을 들어서 이해하지?"

"그래."

"그러니까 조금만 기다려 줘. 조금만 더 챙기면 되니까 말이야."

"……."

끄덕.

왕정의 활약이 약간의 시간을 벌어주었다고 생각했는지 그녀가 고개를 끄덕이며 동의를 표해 주었다.

그리고 얼마 뒤.

모든 짐을 챙긴 왕정과 함께 걸음을 옮기는 그녀가 있었다.

＊　　　＊　　　＊

"꽤나 먼 길이 되겠네."

"……."

또 답이 없군.

필요할 때를 제외하곤 거의 말이 없는 성격의 그녀다.

전이라면 그녀의 침묵이 익숙했을 거다. 나 또한 홀로 살아가면서 말이 필요 없는 날이 많았으니까.

하지만 할아버지가 생긴 이후부터는 말이 전에 비해 많아진 나다. 남들이 보면 혼잣말일 것도 나는 할아버지와의 대화였으니까.

늦게 배운 것에 더 불타오르는 법이듯, 근래에 사람과의 대화에 재미를 붙인 나로서는 지금의 침묵이 답답할 따름이었다.

그녀가 있어 할아버지와 대화도 하지 못하니 더더욱 답답할 노릇.

그녀를 만나기 전에 전음이라도 배워뒀다면 내가 나에게 전음을 해서라도 할아버지와 대화를 할 텐데 안타까울 따름이다.

'그래도 얼굴이 아름다우니 눈이라도 호강하는군. 그나저나 귀주성에서 하남성까지라…….'

귀주에서 하남까지.

제법 먼 거리가 아니던가. 어린 나이 홀로 살아남으려 떠돌아다닌 경험이 있긴 했어도 이 정도로 먼 거리는 움직여 본 바가 없다.

콰악.

맛도 없는 썩은 감자를 씹으면서 처음으로 해 보는 길고 긴 여정에 대해서 생각해 본다.

내 지식이 맞다면 귀주에서 하남까지 가려면, 그 사이에 두 개의 성을 지나가야 한다. 하나는 호남. 또 하나는 호북이다.

호남성은 춘추 전국 시대 초나라에 속해 있었다는 것 외에는 달리 아는 바가 없다.

할아버지는 제법 많이 알 법 했는데, 달리 문파에 대한 정보를 아는 바가 없다고 말하였다.

거대 문파보다는 중소문파들이 흥망성쇠(興亡盛衰)를 반복하니 시간이 지날수록 정보의 의미가 없다던가?

우리가 갈 곳이자 인접한 성인 호북에 있는 정파 문파, 무당파와 제갈 세가 덕분에 호남도 정파의 세가 강한 편이라고는 하는데 지금도 그럴지는 알지 못할 일이다.

'할아버지 말대로라면 정, 사, 마 세 곳이 돌아가면서 패권을 차지한다고 했으니 말이지.'

어쨌든 지금으로서는 알 수 없는 호남을 지나면 호북이다. 제갈과 무당이 있는 곳.

이곳에서부터는 누가 뭐라고 해도 정파의 영역이나 다름이 없으니 그나마 안전하게 갈 수 있을 것이다.

여정길이 이런 식으로 짜여져 있다 보니 나와 그녀로서는 최대한 위험하지 않을 방식으로 움직일 수밖에 없었다.

목숨은 누구든 간에 하나니까.

항시 조심하라는 할아버지의 말이 아니라도 조심할 수 있을 때 조심해야 하는 거다.

"여정은 내가 정해도 되지? 호남성에서부터는 도움을 받아야 해도 이곳 귀주성에서는 내가 토박이니까."

"……물론."

"그럼 시장에 들러서 살 물건만 사고 그 다음부터는 내가 안내하는 길로 가도록 하자고."

끄덕.

좋아. 동의를 했으니 나는 안내만 하면 되는 거다. 생각
지도 못한 긴 여정이지만 최선을 다해서 움직여 봐야지.

*　　　*　　　*

시장에 들러 있는 돈 거의 전부를 가지고 은행들을 구입
했다.

내가 선택한 여정상 돈은 많이 필요한 것이 아니지만 독
공은 여정에 상관없이 꾸준하게 익혀야 하는 것이기에 한
일이다.

그녀와 함께 움직이다가 독공을 더는 익히지 못하는 불
상사가 생겨서는 안 되니까.

시장에서 필요한 것들을 구입하고는 다시 산으로 들어가
니 그녀가 물어 온다.

"산으로만 가나?"

"어. 인적 드문 곳으로 다니는 게 기본이잖아?"

사실 이 여정은 내가 골랐다기보다는 할아버지가 고른
것이 맞다.

─도망의 기본은 네 장점을 이용하는 것이다. 상대가 가
지지 못한 장점을 생각해 봐라.

도망의 기본.

—지리는 너무 걱정하지 말아라. 이 할애비가 살았을 때와 다른 시대라고 해도 성읍이 아닌 한 크게 달라진 건 없을 거다.

독존황이 가진 지식.

'나는 누가 뭐래도 사냥꾼이니까 할아버지 말대로 하려면 역시 산이지.'

그리고 사냥꾼으로서 왕정이 가진 지식들까지. 이 세 가지의 조합과 활용 끝에 나온 것이 바로 지금의 여정이다.

"사람이 많은 곳으로 다니는 것이 적에게 추격을 힘들게 하는 효과를……."

"쉬잇."

왕정은 자신만의 방법을 설파하려는 그녀를 두고 검지로 입을 가리며 침묵을 만들어 냈다. 무언가를 눈치채기라도 한 듯했다.

그리고는 순식간에 전에도 사용했던 올무를 이용하여 무언가를 만들어 내고는 그녀를 이끌고 조심스레 있던 자리를 피했다.

'뭐하는 거지?'

자신의 요청으로 왕정과 함께 한 것이기에 그를 믿어야 함을 알고 있는 그녀지만, 왕정이 하는 일에는 궁금증이 생길 수밖에 없었다.

분명 왕정도 자신과 같이 무공을 익힌 것은 분명한데 자신과 같이 무인으로서 행동하기보다는 그녀와 다른 행동 양식을 취하고 있었기 때문이다.

지금 사용한 올무만 하더라도 왕정을 보기 이전에는 구경이나 겨우 해 본 물건이다.

"일단은 조용히. 그리고 적이 오고 내가 신호를 하면 바로 행동해."

"적?"

"쉬잇!"

"……."

침묵을 지키며 잠시 있으려니 그와 그녀가 있던 곳에 검은 옷을 입은 인형 둘이 지나간다. 그 순간을 기다렸다는 듯이 자신의 손에 있던 올무를 잡아당긴 왕정!

"으어억."

"큭."

갑작스러운 기습이나 다름이 없어서일까?

흑의인 중 한 명이 올무에 걸려 넘어진다. 나머지 하나는 걸리기만 했을 뿐, 되려 올무를 끊어버렸다.

하지만 지금 만들어진 작은 틈으로도 왕정이 신호를 보내기에는 충분했다.

"지금!"

"……."

그가 말하는 신호를 바로 알아들은 그녀가 흑의인들을 향해서 달려간다. 등과 가슴팍에 있는 표식을 보니 사혈련의 무사가 확실했다.

'어떻게 알았지?'

추격자들이 가까이에 있다는 것은 절정인 자신도 몰랐던 사실이다. 딱 봐도 삼류로 보이는 왕정이 자신보다도 먼저 적을 눈치챌 수 있었던 이유가 뭘까?

'……일단은 처리.'

호기심이 계속해서 생기지만 지금은 적부터 처리해야 할 때다.

적은 셋. 이 짧은 시간 사이에도 뒤늦게 합류한 하나가 있다. 일류 하나에 이류 둘이다. 거기다 왕정이 만들어 준 틈까지 있으니 자신으로서는 쉽게 처리할 만한 상황!

쉬이이이익!

그가 만들어 준 틈을 놓치지 않겠다는 듯 절정에 이른 그녀가 전력을 다한 경공으로 적들을 향해 다가선다.

삼십 장이 조금 넘던 거리가 십 장 이내로 좁혀드는 것은 순간!

"적! 계집이다!"

"죽여라!"

적이 뒤늦게 자신을 눈치챘을 때.

쉬이이잇. 퍼억!

왕정이 날렸을 것이 분명한 화살이 뒤늦게 합류한 적의
팔에 박혀든다.

"크르르륵. 크륵."

독공을 익힌 그의 독에 이류였을 적 하나가 입에 거품을
문다. 언제 봐도 자신의 장점을 제대로 활용할 줄 아는 그
다.

'질 수 없지.'

승부욕 하나만큼은 여느 사내 못지않은 그녀가 남은 둘
이라도 처리하기 위해 속도를 더한다.

절정인 자신이 삼류에 발을 걸친 왕정에게 질 수는 없지
않는가.

세풍유검(世豊裕劍).

세상을 풍요롭게 만든다는 그녀의 검이 움직일 때마다
하나의 사혈련 무사가 몸을 뉘인다.

잠시의 시간 후. 모든 전투를 끝마친 그녀가 왕정을 바라
본다. 평상시에는 찾아볼 수 없었던 호기심이 가득한 눈으
로.

                    *   *   *

　검을 닦아내고 전투를 조속히 마무리 한 그녀가 자신아
사용한 화살을 뽑으러 다가온 왕정에게 묻는다.

　"어떻게?"

　"에? 뭘?"

　―절정인 저 여아보다도 네가 더 먼저 적의 기척을 알아
챈 이유를 묻는 걸 거다.

　독존황의 설명을 듣자 왕정은 그제야 그녀가 궁금해 하
는 바를 눈치챘다.

　"아아, 쉬운 건데."

　"쉽다?"

　"응 사냥꾼의 별명이 달리 뭔지 알아?"

　"별명?"

　그런 것은 생각해 본 적도 없는 그녀다. 아니, 정확히는
왕정과 인연이 생기기 이전에는 자신이 사냥꾼과 인연이
있을 것조차도 생각해 본 적이 없다.

　무림맹에 있는 그녀가 사냥꾼과 함께할 일은 상상도 하
지 못할 일이니까. 그게 자연스러운 거다.

　그런데 지금은 없던 호기심이 생겼다. 대체 왕정은 어떤
방식으로 절정인 자신도 알지 못한 적의 인기척을 알았을

까?

그리고 사냥꾼의 별명?

"그래. 별명. 사냥꾼끼리 하는 이야기긴 하지만, 사냥꾼의 별명은 준비하는 자야."

"준비하는 자?"

"응. 사냥꾼은 항상 사냥을 하기 위해 준비를 하지. 자신이 사용할 무기를 갈고 닦으면서 말이야."

"그건 무인도 한다."

"아아. 거기에 사냥꾼은 두 가지가 더 더해져. 함정과 영역."

"함정과 영역?"

"어. 사냥꾼은 자신들만의 영역이 있어. 내가 이곳 영역을 가지고 있는 사냥꾼이듯, 다른 사냥꾼은 또 어딘가에 영역을 가지고 있지."

사냥꾼마다 영역이라.

그녀로선 생각해 보지 못한 바다. 아니, 무인을 포함하여 대부분의 중원인들이 사냥꾼의 영역이란 것에 대해서 생각을 해 본 적이 없으리라.

이건 일종의 직업적 지식이니까.

"잘 와 닿지 않지? 뭐 그냥 간단하게 말하면……. 같은 사냥터에 사냥꾼이 많으면 사냥물이 씨가 마르잖아? 그걸 서로 영역을 나눠서 대비하는 거지."

"아."

"이 영역을 얻기 위해서 움직이다 보니 떠돌던 경험도 있는 거고. 어찌 됐든 내 직업은 사냥꾼이니까."

"……."

삼류면서 이류와 일류 몇을 사살하고도 아직도 직업이 사냥꾼이라. 지금껏 이렇게 우기는 것을 보면 그도 특이한 성격이긴 하다.

"어쨌건 영역은 이해했지?"

끄덕.

"그래, 이 영역에 사냥꾼은 준비를 해. 함정을 설치하는 것은 기본이고 영역이 어떻게 이루어져 있는지를 항상 탐색하고 또 탐색하지. 지형, 사냥감이 될 동물의 수, 동물들끼리의 영역, 이곳을 지나가는 약초꾼까지. 알아야 할 것도 많고 조사할 것도 많지. 그게 준비고."

아직 설명이 끝나지 않았다는 듯 왕정의 말이 계속 이어진다.

"나야 아직 그 정도는 아니지만 초일류의 사냥꾼은 작은 돌 하나의 위치까지도 기억한다고 하더라고. 대단하지?"

"……."

끄덕.

정말 대단했다. 사냥꾼이 이런 식으로 살아갈 줄은 생각지도 못한 일이다.

무기를 갈고 닦고 영역을 가지며 그 영역을 올곧이 자신의 것으로 하는 존재가 사냥꾼이었던 것이다.

"그래서 알게 된 거야. 이거 보라고? 원래 이곳은 멧돼지의 영역이라서 멧돼지 발자국부터 보여야 하는데 말이지. 그런데 그게 지워졌단 말이야. 이게 뜻하는 바가 뭔지 알아?"

도리도리.

고개를 휘젓는 것마저도 귀여운 그녀다. 그런 그녀의 모습이 귀엽다는 듯 한 번 얼핏 웃고는 왕정이 계속 설명을 했다.

"바로 다른 사람이 있다는 거지. 이 나의 영역에 너와 나를 제외하고도 다른 녀석들이 움직인다는 뜻이야. 지금은 약초꾼이 다닐 기간도 아니니 우리 둘을 제외하면 뻔하잖아? 그치?"

약초꾼과 자신들이 아니고서야 사혈련의 무사들이 움직이는 것이 당연하다는 말투다. 아주 쉬운 것을 설명한다는 듯한 말투.

하지만 이를 받아들여야 하는 그녀로서는 그의 말에 약간이지만 소름이 돋을 수밖에 없었다.

'……사냥꾼이라.'

자신이 생각하지도 못한 치밀함을 가진 직업이 아니던
가. 그리고 어린 나이에 그런 치밀함을 가지고 있는 왕정이
라는 존재는?

자신보다 어린 것이 분명하지만 무인과 다른 영역에서
자신만의 힘을 가지고 있음이 분명했다. 바로 사냥꾼으로
서.

지금 이 순간 사냥꾼으로서의 능력이 가장 뛰어난 왕정
이 삼류를 넘어 일류의 무사만 된다면?

절정인 자신조차도 그의 영역 하에서는 그가 원한다면
쉬이 몸을 뉘이지 않을까?

"……대단해."

"어? 그냥 기본이지. 대단할 것까지야. 거기다 내 영역
을 벗어나면 그때부턴 조심해야 한다고."

아니, 정말 대단했다. 지금까지 그녀가 알고 있던 세상의
영역을 넓혀 주는 기분까지 들 정도다.

그녀에게는 놀람을, 왕정에게는 긴 여정이라는 새로운
경험을 안겨주면서 둘의 여정이 계속 되었다.

第六章

큰 물

처음에 시간을 많이 벌어 둔 둘이다.

정확히는 왕정이 자신의 영역 하에서 적을 손쉽게 격살한 것이 큰 영향을 줬다. 덕분에 둘은 처음의 예상보다는 쉽게 적들의 추격을 피할 수 있었다.

"여기서부터는 그나마 좀 안전하다."

"좋네."

호남을 지나 호북성까지의 긴 여정.

그 여정이 헛된 것은 아니었다. 호남이야 정세가 복잡하게 돌아가고 있어 조심에 조심을 기해야 했지만, 호북의 경우는 온연히 정파의 영역이 아니던가.

아무리 무림맹과 함께 쌍벽을 이루고 있는 사혈련이라고 하더라도 정파의 영역에서 날뛰기는 어려운 법이다.

이것은 어느 한쪽이 무림을 지배하지 않는 한은 바뀌지 않는 진리와도 같은 얘기다. 막말로 개도 자기 집에서는 반은 먹고 들어가지 않는가.

이게 같은 이치다.

정파든 사파든 자신의 영역 하에 뻗어 있는 인맥과 자신의 사람들, 자신들을 위한 시설, 눈에 익숙한 지형지물 등이 모두 그들의 편이 되어 주는 것이기 때문이다.

사실 이런 영역적 유리함이 있기에 정파와 사파의 싸움이 끝이 나지 않는 것일지도 모른다.

잠시 동안 대외적 영역을 잃었다 하더라도, 온연히 자신의 영역에서 다시 힘을 길러 나오면 되는 것이니까.

대표적으로 마교만 하더라도 신강을 제외하고는 세력 하나 없다가 수십에서 백 년마다 힘을 길러 뛰쳐나오고는 하지 않는가.

돌고 도는 쳇바퀴와 같은 곳. 그게 무림이다.

그런 무림에 발을 들이기 시작한 왕정이 오랜만에 시장에 들렀다.

지금 그들이 있는 곳은 호북성의 성도인 무한(武漢)이다.

넓디넓은 호수 동호, 강남 삼대 명루 중 하나, 황학루(黃

鶴樓)와 같은 지역적 특생을 갖춘 곳.

혹은 정파의 영역답게 간간이 보이는 무당파와 제갈 세가의 무인을 비롯한 정파의 무인들은 이곳이 온연히 정파의 영역임을 둘에게 다시 한 번 알려 주었다.

덕분에 쫓기는 처지에, 처음 들르는 호북성임에도 둘이 여유를 가질 수 있는 것이리라.

"그나저나 저 정파 무인들에게 도움을 요청하면 안 되는 건가?"

―멍청한 소리!

성은 알려주지 않은 채로 이화(怡花)라는 이름을 뒤늦게서야 밝힌 그녀가 답을 하기도 전에 독존황이 먼저 채근을 한다.

뒤이어서 하는 그녀의 답 또한 독존황의 말과 다르지 않았다.

"정파의 영역이라고 하더라도 모두 같은 편은 아니야. 일단 문파도 다르고. 거기다 나의 임무는 비밀 임무이니, 아무래도 힘들지."

"흐음, 그런 건가."

무림은 복잡하구만.

왕정은 그리 생각했다.

사냥꾼들의 경우 사람이라도 잡아먹는 식인 호랑이가 나

오는 호환(虎患)이라도 닥치면 함께 힘을 모아 잡는 것이 다반사다.

홀로 하지 못하는 것을 해결해야 하기 위해서는 힘을 합쳐야 함이 당연하다고 생각하니까.

하지만 무림의 경우에는 그가 보기에 같은 문파라고 한 번 모이고, 정파라고 다시 한 번 모여도 각자 나뉘어져 있는 듯싶었다.

'문파가 달라서 요청도 못 하고. 비밀 임무여서 도움을 또 요청하지 못하면 대체 왜 정파랍시고 모이는 건지. 쯧.'

무림에 처음 발을 들이는 왕정으로서는 무림에서의 생리가 복잡하게 와 닿았지만 일단은 넘어가기로 했다.

생리와 같은 것을 자기 개인이 바꿀 수 있는 것이 아니라는 것을 알고 있을뿐더러, 바꿀 의지도 없기 때문이다.

생각을 정리한 그는 무림의 생리 이전에 자신이 필요한 일들이나 처리해야겠다고 마음먹었다.

지금 있는 호남성도 정파의 영역이며, 앞으로 갈 하남성도 정파의 영역이긴 하나 미리 준비해서 나쁠 것은 없기 때문이다.

'만사가 불여튼튼이지 암! 저기 있군.'

시장을 돌아다니다 목표를 찾은 왕정이다.

그가 이번에 시장에서 구입해야 할 것은 다름 아닌 콩과 은행, 그리고 새로운 독을 포함한 초오다.

콩과 은행은 이제는 더 말할 것도 없이 무서운 독이 아닌가.

여정이 길어지다 보니 식량으로 둔 감자도 슬슬 떨어져 가는 그인지라 식량 겸 수련용으로 새로 구입할 필요성이 있었다.

초오의 경우는.

―몇 가지 독만 가지고 독공을 익혀서는 그 수준이 낮을 수밖에 없다. 독이 풍요로워야 수련도 빠른 법. 이 참에 초오도 구해 놓도록 해라.

독의 다양성이 필요하다는 독존황의 말에 따라 구입을 하려는 거다.

초오.

저 먼 동이족들은 바곳 혹은 꽃의 모양이 병사들이 쓰는 투구와 같다고 해서 투구꽃이라고도 부르는 것이 바로 이 초오라는 녀석이다.

보통 초오는 고통을 느끼는 환자들에게 진통 효과를 주기 위해서 쓰이는 약초다. 주로 독을 완화시키기 위해 소금물에 반복해서 우려내거나 증기로 쪄서 사용하는 식물이다.

하지만 독초가 약초가 되기도 하듯이 역시 약초도 쓰기

에 따라 독초가 되는 것 아니겠는가. 사실 약초나 독초나 쓰기 나름에 따라 약초니 독초니 하는 것이니까.

정제를 할 것도 없이 바로 흡수하는 방식으로만 사용하면 어마어마한 독성을 품은 독초로 사용할 수 있다.

거기다 생각보다 가격도 싸니 일석이조인 것이 바로 바곳!

이 바곳을 구하기 위해서 시장을 꽤나 돌아다녔던 왕정이다.

―바곳의 경우 마비의 힘이 강하니 이것을 잘만 사용하면 된다. 거기다 가장 독성이 강할 때가 바로 지금과 같은 한여름이란 말이지. 아주 좋은 상품을 구할 수 있을 거다.

독존황의 말마따나 시기도 좋고 가격도 좋은 것을 찾은 덕에 왕정의 얼굴은 오랜만에 밝은 표정이었다.

하지만 기쁜 표정을 짓던 왕정은 바곳을 파는 약초 상인을 발견하자 언제 그랬냐는 듯 기쁜 표정을 지우고는 상인과 같은 표정으로 흥정을 시작했다.

"여기 이거 얼마나 하죠?"

"흠. 뿌리 한 줌에 동전 닷 냥."

"헤에, 뭐 그리 비싸게 팔아요? 지금 여름이라 독성도 강해서 정제하기도 힘든 때잖아요."

왕정이야 강한 독성을 원하지만, 바곳을 구입하는 다른

사람들의 경우에는 독성이 강해서야 쓰기 힘들다.

사약에나 사용하는 용도라면 모를까, 바곳의 독성이 너무 강한 여름과 같은 때에는 정제가 매우 힘든 편.

때문에 이를 근거로 이야기하면 바곳의 가격은 여름에 상대적으로 더 싸다.

"그야 그렇다만……."

왕정이 의외로 해박하게 흥정을 시작해서일까. 처음엔 자신만만한 얼굴로 흥정을 시작하던 상인의 얼굴이 약간은 찌푸려진다.

"그러지 말고 한 줌하고도 한 줌 더해서 닷 냥에 가지요?"

"예끼! 그래서는 너무 싸다고. 두 배라니! 어린 청년이 약초에 해박한 거 같구만. 그래도 너무 후려치면 안 되지!"

안 되겠다 여겼는지 왕정이 능청스레 웃으며 다시 묻는다.

"헤헤, 그러면 한 줌하고도 반 줌은요?"

"허허. 이거, 이거. 내가 오늘 잘못 걸렸구만. 좋네. 좋아. 한 줌하고 반에 닷 냥. 그 이상은 안 되네?"

흥정이 잘 먹히자 왕정이 추가로 거래를 제안했다. 수지가 맞으니 그도 거래를 할 맛이 나는 거다.

"많이 구입할 건데 더 싸게는 안 되나요?"

"얼마나?"

"보자아, 이 보따리를 반은 채워야 하니까. 꽉꽉 눌러 담는다 치면 사 오십 줌은 되겠는데요?"

"호오, 그 정도면 무게도 상당할 텐데 힘도 장사로구만?"

"요 근래에 좀 힘이 세져서요."

썩은 감자와 말린 은행 등을 흡수하며 움직였던 왕정이다.

이화 그녀만큼은 못해도 내공을 제법 가지게 된 덕분에 힘 또한 강해졌다. 자연스러운 내공의 공능 덕분이다. 거기다 본디 사냥꾼 일로 힘이 쎘던 그였으니 어지간한 것으로는 무게도 느끼지 못한다.

지금도 콩과 은행으로 봇짐을 반쯤 채워 넣었는데도 여유롭게 움직이는 것을 보면 그가 얼마나 힘이 강한 지를 알 수 있었다.

"허허. 힘이 장사면 좋은 게지. 낮에도 밤에도……."

"후후. 그렇지요. 그나저나 좀 싸게 되지요?"

"에고고, 오늘 남는 거 하나 없게 생겼구만. 좋네. 쉰 줌 사면, 세 줌은 공짜로 줌세! 어떤가?"

"흐음……."

마흔일곱 줌을 사는 건가. 그럼 구리로 백쉰여섯 냥쯤 된다. 은자로만 한 냥 반.

예전 같았으면 엄두도 못 냈을 돈이지만 지금은 그 정도 돈은 여유가 있다. 이화로부터 받은 선금 덕이다.

"여기요."

"허허. 잘 생각했네."

셈을 마친 그가 돈을 건네자 상인이 바곳을 건네준다.

이화의 식량을 구입하는 것을 끝으로 필요한 모든 거래를 마친 왕정은 시장을 벗어나 움직이기 시작해 다시 여정 길에 올랐다.

이화는 다시 시작된 여정 길에도 궁금한 것이 있는지 왕정을 보며 물었다.

"아까 왜 흥정한 거지?"

"응? 흥정은 당연한 거잖아?"

"내가 준 돈이라면 그 정도는 아끼지 않아도 괜찮지 않나?"

"허어! 그 무슨 말도 안 되는!"

진정으로 흥분해서 외치는 왕정이다.

"돈이란 건 많으면 많을수록 좋은 거라고. 마찬가지로 아끼면 아끼는 대로 좋은 거고. 어디 가서 그런 소리하면 세상 물정 모른다는 소리 듣는다?"

"그런가……."

그녀가 아직 납득을 하지 못하겠다는 듯한 표정으로 대답한다.

하기야 어린 시절부터 돈을 흥정하는 것은 쪼잔한 짓이라고 배웠던 그녀로서는 선뜻 이해하기 힘든 흥정이었을지도 모르겠다.

'사냥꾼이니까 다르게 사는 건가?'

속 시원하게 왕정의 말을 자기 식대로 해석한 그녀가 다른 궁금한 것을 물었다.

"또 궁금한 게 있다."

"뭔데?"

왕정은 이런 세상물정 모르는 아가씨 같으니라고!

하는 표정으로 그녀를 바라보며 그녀가 무엇을 물을지 바라봤다. 네가 뭘 묻든 바로 대답해 주지 하는, 자신만만함이 가득한 표정이었다.

하지만 그의 이런 표정이 깨어지는 것은 순간이었다.

"힘이 세면 낮에도 좋고, 밤에도 좋다는 것이 무슨 말이야?"

"어?"

"힘이 세면 무공에야 좋겠지만, 왜 낮에도 밤에도 좋은 거냐고."

"어어, 어…… 그러니까……."

세상 다 아는 듯 행동하지만 그래 봬도 아직 동정을 지키고 있는 왕정이 아닌가!

동정인 그에게 그녀의 물음은 짐짓 받아주기 힘든 면이 있었다. 거기다 그의 의외의 약점을 알았다 생각한 건지 독존황조차 놀리기(?) 시작했다.

─허험. 다. 큰. 처자가 궁금해하지 않느냐. 어서 설명을 해줘야지. 네가 안 해 주면 어디 가서 순진하게 당할지도 모를 일이야.

'아니, 순진하게 당하는 거랑 내가 설명하는 게 무슨 상관이냐고!'

거기다 내가 왜 설명을 해 줘야 하냐고!

자신도 모르게 얼굴이 붉어지는 왕정이다. 자신조차도 동정인데 뭘 어떻게 해야 할지를 모르겠는 거다. 역시 사냥 경험이나 영특한 머리를 가지고 있어도 동정은 어쩔 수 없는 거다!

그런 그의 내심도 모른 채로 이화가 그를 뚫어져라 바라본다. 설명을 해줄 때까지는 계속 바라보고 있을 기세다.

"그. 그러니까……."

"그러니까?"

"다 크면 알게 돼."

"나는 이미 다 컸다."

'그런 식으로 다 큰 걸 의미하는 게 아니지!'

라고 말하고 싶지만 이 말을 했다가는 이에 대해서도 설명을 해야 하는 것을 직감한 그다.

"으음, 나중에 스승님에게 물어보는 것이 좋지 않을까? 내가 설명하기엔 어려운 문제야."

"그런 건가?"

"어. 그런 거야."

"흐음, 알았다."

의외로 그녀는 쉽게 물러나는 듯했다.

하지만 왕정은 아직까지도 당황스러운 것인지 붉은 표정을 유지한 채로 앞서 걷기 시작했다.

그녀와 마주 걷다 보면 자신의 부끄러움이 들키지 않을까 하는 내심에 그리 움직이는 것일 게다.

'휘유, 한참 놀랐네……'

그녀가 쉽게 넘어간다는 것에 왕정이 안심을 하고 있을 때.

"바보."

뒤에서부터 바보라는 작은 목소리가 들린 듯했다. 하지만 이내 다른 소리가 들리지 않자 자신의 착각인가 하는 그였다.

'순진하다니까, 후후.'

자신도 모른 채로 이화에게 당하기 시작하는 왕정이었다. 그들의 여정은 그렇게 계속되어 가고 있었다.

*   *   *

"무슨 기 모으는 것도 아니고! 젠장할."

정파의 영역인 호북성이라고 해서 너무 방심한 걸까. 아니면 산길에는 익숙하지 않은 이화를 위해서 배려를 한 것이 문제였을까.

하남성과 호북성을 이어주는 끄트머리에 위치한 홍안(紅安)현 가까이에 있는 구환산(九患山)에서 결국 일이 벌어졌다.

아홉 가지 어려움이 닥친다는 그 이름답게 둘을 노리고 사혈련의 복면인들이 기다리고 있었던 것이다.

─하북으로 들어서게 되면 무림맹이 있으니 마지막에 무리를 한 것 같구나.

'하, 젠장.'

독존황의 말대로일 거다.

무슨 임무인지 몰라도 이화가 맡은 임무는 사혈련에 꽤나 타격을 주는 임무임에 분명했다.

그렇지 않고서야 저들이 정파의 영역에서 이렇게까지 무

리하며 고수들을 모아올 이유는 없었다.

—정확히 스물 한 명이다. 하나하나가 최소 이류는 되는 것이, 저들을 데려온다고 꽤 고생했을 거다. 정파의 영역이니까 그나마 이 정도 인원인 걸지도 모르고.

속 좋게 분석까지 해 주는 독존황이다. 강호에서의 경험이 많다고 하더니 이런 곳에서도 그의 경험은 빛을 발하고 있었다.

독존황이 분석을 한 것이라고 하더라도 일단 이야기 하는 것이 도움이 될까 싶어 왕정은 이화에게 그대로 전해줬다.

"스물 한 명. 모두가 최소 이류야."

—수장으로 보이는 놈은 절정이군.

"그리고 절정도 하나."

"……."

이화가 새삼 감탄한 얼굴로 왕정을 바라본다.

'분명 왕정의 경지는 그리 높지 않은데…….'

잘해야 이류의 초입. 혹은 삼류에 머물러 있는 왕정이다. 상태가 좋을 경우 삼 초식에 두 번 정도 진기를 불어 넣어 공격을 하는 정도.

그것도 가끔 가다가는 삼초에 한 번이나 겨우 진기를 불어 넣어 공격을 하니 삼류라고도 할 수 있는 그다.

'독공의 특수성 때문에…….'

살상력은 높긴 하지만, 무리의 기준으로 분명 삼류에서 이류 사이인 그가 자신이 적들을 파악하기도 전에 먼저 파악을 한다.

그의 영역 내에서 자신보다 먼저 상대를 파악한 것이야 이해를 한다 치자.

하지만 지금은? 이곳은 그가 있던 귀주성도 아니고, 그로서는 초행인 호북성의 끄트머리다. 그런데도 분석이 자신보다 빠르다니.

'뭔가 있다…….'

아니면 타고난 천재이거나.

왕정이 무공을 익힌 지 얼마 되지 않아 아직은 삼류라고 하더라도, 이십 대라는 젊은 나이에 절정에 이른 자신보다도 천재일 수 있는 것이다.

'주시를 해야 할지도…….'

이화는 그리 생각하면서 몸을 움직였다.

지금까지 보아 온 왕정의 움직임에 맞춰주기 위해서는 자신이 먼저 나가 적들의 시선을 끌어야 함을 본능적으로 알고 있는 것이다.

합격술을 따로 연마한 것은 아니지만, 함께 동행을 하며 일종의 교감을 하고 있는 둘이었다.

스아악.

　　그녀의 검이 대기를 가르고 남은 여분의 힘으로 적을 머리를 쪼갠다.

　　세풍유검(世豊裕劍). 세상을 풍요롭게 만든다는 것이 그녀가 익힌 검술의 본질. 하지만 지금은 단지 적을 죽이는 검이 되어 있을 뿐이다.

　　어쩌면 세풍유검을 처음 창안한 정파의 무인이 생각하는 세상의 풍요는 적인 사파들의 시체로 채워지는 것일지도 모르겠다.

　　왕정과 겪었던 경험들, 그로부터 배운 사고방식과 그에 의해서 넓어진 시야.

　　그 모든 것들을 그녀는 이번 여정에서 흡수한 것인지 전보다도 더 자유롭고 표홀하게 적들을 처리하고 있었다.

　　이화는 왕정을 천재로 보고 있지만, 누가 뭐래도 그 재능을 보면 이화 또한 천재인 것이다. 그렇지 않았다면 이런 짧은 시간에 무언가를 얻지는 못했을 터다.

　　그리고.

　　'슬슬 움직여 볼까.'

모든 준비를 끝마친 왕정이 조심스레 이화가 헤집고 있
는 복면인들의 뒤를 노리고 있었다.

第七章

도착하다

왕정에게 장점이 있다면 가진 것에 대한 응용이 뛰어나다는 점이다.

새로운 것을 익히는 데는 이화보다 느리더라도, 이미 있는 힘에 대한 활용도는 그가 더 높았다.

무공도, 제대로 된 지원도 없이 홀로 모든 것을 해결해왔던 그이기에 가질 수 있는 응용력일 게다.

'보자아…….'

그에게 있는 것은 그의 피. 독성을 내포하고 있는 피가 그의 최대의 무기였다.

하지만 지금은?

여정을 진행하면서도 틈틈이 정제를 해 놓은 바곳으로 만든 독이 있다.

독혈로 된 독을 사용해도 적에게 피해를 입힐 수 있긴 하지만 이왕이면 부상 없이 적을 죽이는 게 더 효율적이지 않겠는가.

독혈을 대체할 방법이 없었다면 모를까, 정제한 독이 있는 상황에서까지 피를 내고 싶지는 않은 그였다.

―이번에도냐?

"……."

독존황의 말에는 답하지 않은 채 그가 집중을 한다.

쉬이이익.

타악!

터엉!

"젠장……."

그는 작게 쓴 소리를 내뱉었다. 퍽하고 박히지 않고 텅하고 막힌 소리가 났다. 그것도 적의 복부를 노렸는데.

이러면 뻔하지 않은가. 자신에 대한 정보를 파악한 사혈련의 무사들이 철판이라도 복부에 가져다 댄 것이 분명했다.

자신이 무언가를 준비한 만큼 그들도 준비를 한 것이다. 삼류 주제에 일류를 죽인 자신의 무기를 무력화시키기 위해서!

'어쩐다?'

항상 자신의 뜻대로 모든 것이 되지 않음을 알고 있는 그였지만, 지금 상황만큼은 당황스러울 수밖에 없었다.

타다다닥. 타닥.

그의 당황에도 아랑곳없이 적들 중 다섯 정도가 그를 노리고 달려 왔다. 절정 고수의 명령도 없이 움직이는 것으로 보아 자신을 노리고 준비를 한 자들이 분명했다.

그때. 가만히 아무 말 않고 있던 독존황이 외친다. 그에게만 들리는 외침이나 왕정에게는 누구보다 크게 들렸다.

—무공을 행하기 위해서 사지는 가리지 못했을 거다. 팔이나 다리를 노려.

쉬시시싯!

독존황의 말을 듣자마자 자신에게로 다가오고 있는 적을 향해서 화살을 한 발 날리는 왕정!

"크윽……!"

독존황의 판단이 맞은 건지 다섯 중에 하나가 팔에 화살을 맞고 쓰러진다. 그리도 순식간에 다시 한 방!

진기를 활용할 수 있게 된 그이기에 활에 시위를 매기는 속도는 그 어느 때보다 빨랐다.

쉬이익!

"큽."

무공을 펼치기 위해서 사지는 자유로워야 한다는 약점을 이용해서 둘은 해치웠다. 적들이 자신을 향해 달려오는 것이 아니었다면 이 정도 결과도 내기 힘들었으리라.

하지만 딱 그 정도다.

'남은 이들은 셋.'

자신이 올무 함정 하나를 사용하는 것은 눈치채지 못했을 테니 하나는 죽일 수 있을 거다.

가지고 있는 올무가 얼마 되지 않아 재활용하기 위해서 치워놓았으니 함정에 대해서는 모를 게 분명하다.

"크읏!"

역시. 자신의 예상이 제대로 먹혀들었는지, 미리 설치한 올무에 하나가 넘어진다. 그곳에는 자신이 정제한 바곳독이 있으니 분명 중독이 되었으리라.

확인을 하면 좋겠지만 달려오고 있는 둘 때문에 확인에 할애할 시간이 없다.

남은 둘을 처리해야 한다. 사냥꾼의 방식이 아닌 무인으로서의 모든 힘을 동원해야 할 때가 온 것이다.

"결국에는 이렇게 돼버리는군……."

지지지지직. 지직.

자신이 줄곧 피하던 무인으로서의 싸움을 하게 된 그가

팔에 상처를 낸다. 그러곤 그가 적들에게 다가간다.

자신이 준비한 모든 것들은 써먹었으니 이제는 본신의
실력으로 적들을 상대해야 할 터.

이류 고수들과 같은 경공도, 이화와 같은 표홀한 움직임
도 없었지만 그에게는 기세가 있었다.

홀로 세상을 헤쳐 나오던 그만의 기세가 무인과의 싸움
에서 일어난 것이다.

"죽어라!"

그와 사혈련의 무사들이 부딪친다.

*   *   *

검을 쓰는 놈들이다. 보통의 놈들이 아니기도 하고. 자신
보다 오래 무공을 익힌 자들이다.

이류라고 해도 자신과는 다른 경험들을 가지고 있는 것
이다.

지금까지야 사냥꾼의 방식으로 잘 해왔다지만 무공만으
로 남은 둘을 자신의 손으로 처리를 할 수 있을까?

하나도 아니고 둘인데?

자신도 모르게 손을 부르르 떨고 있는 왕정에게 노호성
이 들려온다.

—정신 차려라!

강호 경험이 많은 독존황이 실전에 떨고 있는 왕정의 꼴을 보고 터트린 노호성이다.

비록 피는 이어지지 않았지만, 자신의 손주라고 생각하는 그가 못난 꼴을 보이며 정신을 못 차리니 독존황으로서는 그리 할 수밖에 없었다.

다행히 그의 노호성이 효과가 있었는지 왕정이 떨던 손을 멈춘다.

'그래. 어차피 사냥꾼이나 무인이나 적을 죽이기는 매한가지지.'

어떤 식으로든 죽이기만 하면 되는 것이 아닌가. 그게 발톱을 가진 짐승이든 무기를 든 사람이든 간에 상관은 없는 거다.

"와라!"

그가 보란 듯이 외치며 그들을 향해 달려간다. 한 점의 겁도 없는 그 모습만큼은 여느 일류 고수들 못지않았다.

적들도 그를 기다렸다는 듯이 다시 검을 곧추세우고 다가왔다.

시작은 오른쪽에서부터 왼쪽으로 길게 그어지는 가는 선이었다. 왕정에게 죽은 동료에 대한 원한이라도 있는 듯 제법 거친 기세를 가진 채로 다가오는 상황!

'침착하게. 침착하게 해야만 한 번이라도 더 내지를 수 있다고 했다.'

왕정은 독존황이 수련을 하면서 가르쳐 주었던 무인으로 서의 전투에 대해 다시금 떠올리며 적이 그린 검의 길을 바라봤다.

그리고.

"하아앗!"

순간적으로 다리에 내공을 불어넣어, 적의 검을 피해낼 수 있었다. 한 끝 차였다. 눈으로는 적의 검을 보았으나 조금만 더 느렸다면 베였을 거다.

'위기 다음은 기회!'

역시 응용 하나는 타고난 그인 듯 독존황의 가르침대로 바로 움직였다.

적 또한 제대로 된 보법도 없이 다가온 왕정이 자신의 검을 피할 수 있다고는 생각지 못했는지 꽤 당황한 눈치다.

퍼어억. 타앙!

그리고 그 사이에 뻗어나간 왕정의 주먹이 적의 복부에 작렬한다.

'젠장……'

허나, 역시 처음이라 어쩔 수 없었던 걸까?

가르쳐 온 것을 잘 답습해 나가던 그가 독존황의 가르침에만 집중을 하느라 한 가지 사실은 잊은 것이 패착이었다.

적이 자신을 대비해 복부에 철판과 같은 갑옷을 입고 온 것을 잊은 것이다!

쉬이이익.

다시금 선을 그려오는 검을 피하기 위해 땅을 뒹굴며 나려타곤까지 하는 왕정이었다.

그나마 다행이라면 여느 무인들은 부끄러워 하지 못할 나려타곤에 대한 부끄러움이 왕정에게는 없는 것이었다.

다른 이들과 같은 부끄러움을 가지고 멈칫했다면, 이번에는 정말 베였으리라.

'어쩌지? 어떻게 해야 하는 건가.'

쉬익.

"큭."

그가 제정신을 못 차리는 사이 다른 하나가 그의 팔에 선을 그었다. 한 명으로 끝낼 수 있다 여겼는데 시간을 끌게 되니 못 참고 끼게 된 것이리라.

하지만 그게 기회였다!

사혈련의 무사 하나가 그은 한 줄기의 상처는 독혈을 내포하고 있는 왕정의 피를 불러왔다.

그리고 그 피는.

"크으으으윽."

독이 튄 사혈련의 무사에게 타는 듯한 고통을 주었다.

절정에 이렀다면 내공으로 버텨 냈을지도 몰랐다. 깨달음을 가진 자들은 내공으로 독을 잠시 몰아 낼 수 있으니까.

하지만 이류가 겨우 되는 사혈련의 무사로서는 이겨내기 힘든 것이 바곳 독을 얻은 왕정의 독이었다.

이런 경지를 뛰어 넘는 독의 무서움 때문에 독의 고수들이 경외시 되는 것이기도 했다.

— 피를 이용해라!

"이야아아아아압!"

왕정은 독존황의 말에 호응이라도 하듯 피가 튀는 자신의 팔을 크게 휘둘렀다. 적에게 쏘아내듯이!

사혈련의 무사 둘 모두 독의 무서움을 알기에 왕정의 피를 피해 뒤로 물러날 수밖에 없었다.

그때부터 전투의 기세가 뒤바뀌었다.

이류고 둘이지만 제대로 왕정에게 맞부딪칠 수 없는 사혈련의 고수. 자신의 피를 무기 삼는 왕정의 기세에는 밀릴 수밖에 없었던 것이다.

결국 끝없이 뒤로 밀리던 사혈련의 무사들이 수를 냈다.

"시간을 끌어라. 조금만 더 피를 흘리면 못 버틸 거다."

"칫."

그들의 수는 분명 맞는 수였다. 이대로 계속 피를 흘리면 아무리 생존력 강한 왕정이라고 하더라도 죽을 수밖에 없으리라.

그런데.

"그렇게는 안 되겠는데요?"

"……끄륵."

어느새인가 모두를 처리하고 온 이화가 자연스럽게 다가와 이류 무사 하나의 목을 베었다. 목에서 흩뿌려지는 핏줄이 크게 그려진다.

그 짧은 사이에 남은 모두를 그녀 홀로 처리하고 온 것이다.

전에 이보다 작은 수에도 고생을 했던 그녀의 실력을 생각하면 왕정과 있으면서 잠깐 사이에 많은 것을 얻어 성장한 듯했다.

그리고.

"으차차차차!"

자신의 동료가 죽은 것에 놀라는 사혈련 무사에게 왕정이 괴성을 내지르며 달려들었다. 그의 당황이 만든 틈을 적절하게 파고들은 것이다.

퍼어어억.

"크흡."

진기가 제대로 받쳐주지는 못했지만, 한 방이면 충분했다.

그게 독공의 무서움이니까.

잠시간 호흡을 내쉬던 사혈련의 마지막 무사가 결국 마비된 채로 숨을 거둔다. 왕정의 독이 먹혀들어간 것이다.

"후우, 후우……."

이번 전투도 끝내는 현기증인가?

왕정은 그리 생각하면서 그녀에게 눈짓을 하고 쓰러지듯 주저앉아 버렸다.

*   *   *

전투.

이화를 보기 전에는 사냥만을 하던 자신이 우습게도 그녀를 보고부터는 꽤 전투를 치렀다.

'세 번이긴 하지만…….'

그 모두가 자신으로서는 최선을 다한 것이었고, 또한 목숨을 위협받기도 한 치열한 전투였다.

그것에서 자신이 얻은 것을 뭘까?

죽음에 관한 무감각?

아니. 이것은 어차피 가지고 있던 것이나 마찬가지다.

동물과 사람은 분명 다르지만 사냥꾼으로서 사냥을 하다 보면 생명의 죽음에 무감각해지기는 하니까.

사람이기에 무게감이 있고 느낌이 다르긴 해도, 근본적으로는 비슷했다.

'둘 다 꺼림칙한 건 같으니까…….'

자신이 전투를 통해서 얻은 것이 있다면 되려 다른 것이리라.

사냥꾼의 방식이 무림이라는 곳에서도 통할 수 있다는 것과 독공의 위력을 알게 된 것, 이 두 가지다.

올무, 함정, 화살, 독공.

이것들을 가지고 자신은 무림의 무인들과는 다른 전투를 했었다. 그리고 그 결과로 자신보다 무공이 높은 이를 이길 수 있었다.

제법 대단하지 않은가?

'그리고 매력적이기도 하고.'

할아버지인 독존황에게 듣기로 대다수의 무인들은 칼밥을 먹고 살기에 죽음에 두려움이 적다 했다.

아주 없는 것은 아니지만, 일반 양민들보다는 굉장히 적은 편. 특히나 전투를 하다 죽는 경우에 대해서는 더욱 그러하다 들었다.

칼밥 먹고 사는 자들끼리 죽였다 해서 두려워할 것도 없고, 무서워할 것도 없다. 다만 서로의 실력을 겨루고 고하가 나뉘어 죽음을 당할 뿐이다.

'뭐, 아직까지는 다른 무인들처럼 죽고 싶다는 생각이 드는 것은 아니지만……'

그래도 전에 억지로 독존황이 무인이 되라고 할 때보다는 무인이 되는 것에 대해 꽤나 긍정적으로 생각하는 왕정이었다.

그에게 많은 변화를 준 전투라는 것은 결국 세 번으로 끝난 것일까?

호북성을 지나 무림맹이 있다는 하남성에 도착하고 나서부터는 둘에게 전투는 한 번도 없었다.

"사혈련도 더는 무리인 건가?"

"그래."

─무림맹이 있으니 당연하다면 당연한 거다. 저번 습격도 그들로서는 꽤나 무리를 한 걸 게다.

저번 습격이라. 마지막 습격이기도 했던 저번의 습격. 그곳에서 자신은.

"으음……."

그때를 생각하니 왠지 모르게 얼굴이 새빨개지는 왕정이었다.

그때의 전투가 끝나고 왕정은 현기증을 느끼면서 쓰러졌었다. 제대로 된 준비를 하지 못하고 치렀던 전투이기에 더욱 힘에 부쳤을지도 모르겠다.

'완전히 쓰러져 버렸으니까.'

독혈인 피도 제대로 지혈시키지 못하고, 날뛰듯 움직이는 진기도 조절하지 못한 채로 주저앉아 그대로 쓰러진 것이다.

다행스럽게도 독을 막는 귀물이 있던 이화가 그런 그를 데리고 수습을 해 주었다.

후에 알려준 것이지만 독존황의 말에 따르면 그 정도 귀물이 있는 그녀이니 보통 세가의 자제는 아닐 거라고 했다.

어쨌건 그녀는 왕정의 팔에 나오는 독혈을 지혈하고 남은 것들은 조심스럽게 닦았단다. 그것도 모자라서…….

─아주 세심하게도 닦아주더군!

"으으……."

그녀도 뭐에 씌었던 것인지 완전히 쓰러져 있는 그의 몸을 씻겨주었다고 한다.

격한 전투와 이곳저곳에 흘린 피로 목욕을 하긴 해야 했지만, 결코 그녀가 닦아주기를 바란 것은 아닌 왕정이었다.

"왜 그래?"

"아, 아냐."

수습을 한다고는 한 거지만 그녀는 대체 무슨 생각으로 자신의 몸을 닦아줬을까?

'저, 전체를 닦아 준 것은 아니지만…….'

동. 정. 인 데다가 여인에게 자신의 몸을 내준 적이 없었던 왕정으로서는 그때의 이야기를 생각하면 아직도 얼굴이 화끈거리곤 했다.

─흘흘. 왜 아쉬우냐? 기억을 못 해서?

"아, 아니에요!"

"응?"

이런. 정신도 없다. 그녀가 옆에 있는데도 이런 소리를 하다니.

왕정은 지금의 당황스러운 상황을 벗어나기 위해서라도 주제를 바꿔야 한다 생각했다. 당황스러움에 꽤나 필사적이 된 그였다.

"그나저나 이제 곧 도착이지 않아?"

"……그렇지."

그녀가 왠지 섭섭하다는 듯한 표정으로 답을 한다. 이내 다시 무표정으로 돌아온 그녀가 왕정에게 물었다.

"하남성에 도착하게 되면 다시 돌아가는 거야?"

왕정은 주제를 돌리려는 자신의 의도가 먹혔다는 것에

안도하면서 그녀의 말에 답했다.

"아니. 하남성 내에 있어야 할 거 같아. 아무래도 사혈련하고 관련되어 버렸으니까. 정파의 영역인 이곳이 안전하겠지."

이는 독존황과 이미 상의를 했던 일이다.

—무림맹도 지독한 곳이지만 복수에 있어서는 사혈련이 더하다. 그러니 더 이상 예전의 집으로 돌아갈 수는 없을 게야.

"어떻게 해요, 그럼?"

마침 이화가 잠시 떨어져 있던 곳인지라 독존황과 대화를 할 수 있었던 왕정이었다.

—무림맹의 영역이나 다름없는 하남성에 머무르는 것이 맞겠지. 내 기억이 맞다면 하남성 쪽에 좋은 광산이 있으니 그곳에서 독을 익히면 될 게다.

"광산이요? 독을 익히는데 웬 또 광산을……."

—온 세상 천지에 독이 있다고 하지 않았느냐. 당연히 광물에도 독이 있다. 다른 것보다 익히기 어렵긴 하지만 광물독을 익히면 빠르게 일류로 올라갈 수 있을 게야.

"……뭐 그럼 어쩔 수 없지요."

사혈련과 무림맹의 일에 끼어버리게 된 자신의 상황 때문에라도 그에게는 달리 선택권이 없었다.

'본래 있던 집이 아쉽긴 하지만……'

가족이 있는 것도 아니고 어차피 혼자인 몸. 생각보다는 쉬이 거주지를 옮기는 그였다.

그런 그의 답이 마음에 든 것일까? 잠시지만 섭섭한 표정을 지었던 이화의 얼굴에 웃음이 만개한다.

"다행이네."

"응?"

"……아냐."

뭐가 다행인 것일까?

"이제는 무림맹에 들어가야지?"

"응."

"자리 잡고는 연통을 넣을 테니까 한 번쯤은 찾아오라고. 하하."

"꼭 그럴게. 고마웠어. 그리고 여기."

그녀가 미리 준비하고 있었던 듯 품에서 전표를 꺼내서 준다.

금자가 아닌 전표기에 가벼워야 함이 당연함에도 그녀의 정이 들어 있어서인지 제법 무겁게 느껴지는 전표였다.

*　　　*　　　*

"금액이 꽤 큰데, 무리를 한 걸까."

―그 정도면 보통이다. 딱 봐도 이화 그 아이는 무림 세가의 알아주는 자제 같지 않았더냐.

"흐음, 그래도 삼류 낭인들이 받는다던 돈치고는 큰데요?"

그녀가 준 돈은 금자로만 열 냥이다.

은자 백 냥이 금자 한 냥이라는 것을 생각하면 그로서는 상상 이상의 돈이라고 할 수 있다.

그가 잘 처리해서 팔아넘기려고 했던 늑대 가죽도 잘해야 은자로 닷 냥 정도였다.

그나마 닷 냥이라는 가격도 그가 독을 이용해서 상처 없이 잡은 상급의 가죽인 덕이다. 늑대 가죽이 아주 귀한 건 아니어도 제법 귀한 편에 속하기도 하고.

쉽게 말해 그 정도 상급의 가죽을 얻는 것은 상급의 실력을 가진 사냥꾼들도 한 달에 겨우 한 번 정도라고나 할까?

왕정이야 무공으로 오감이 강해진 덕도 있고, 운도 맞아떨어져 생각보다 쉬이 얻었었던 것이다. 덕분에 늑대 가죽을 얻어 기뻐했던 거고.

게다가 은자 열 냥 정도면 빠듯하긴 해도 한 가정의 한 달 생활비다!

그런 은자를 무려 단번에 일천 냥 정도 얻었으니 꽤나 대단한 수익을 얻은 것이 아닌가.

단순 계산으로도 한 가정의 백 개월 생활비다. 햇수로 쳐도 팔 년이 좀 넘게 생활할 수 있는 돈이고.

이화의 의뢰를 한 덕분에 정들었던 터를 떠나게 되긴 했지만 이 정도 돈이라면 남는 장사라고 할 수 있겠다.

그래서 그가 부담스러워 한 것이기도 하고. 그런데 독존황의 생각은 좀 다른 듯했다.

―허허. 네가 무슨 정파의 무사도 아니고, 봉사라도 한 게냐? 그 정도 돈은 당연한 게야.

"그래도 금자 열 냥은, 제 꿈에서나 생각할 돈인데요? 이걸로 혼자 머무를 작은 단칸방 하나 정도는 잘 해서 지을 수도……."

―허허. 적은 거래도. 금자 열 냥을 얻은 대신 사혈련과 척을 지게 되었지 않느냐? 앞으로 정파 영역을 벗어나기라도 하면 고생을 하게 될 거야. 그 정도에 열 냥이면 싸게 먹힌 거지.

"흐음……."

사혈련의 적이 된다는 것이 금자 열 냥이 적게 보일 정도의 일인 건가?

아직까지는 무림맹과 함께 무림을 양분하고 있는 사혈련에 대해 잘 모르는 왕정으로서는 실감이 나지 않는 일이었다.

　어쨌건 왕정은 금자 열 냥의 가치를 가진 전표를 가진 채
로 새로운 곳에 정착을 할 수 있게 되었다.

第八章

새롭게 정착하다

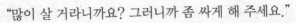

"많이 살 거라니까요? 그러니까 좀 싸게 해 주세요."

"호호. 젊은이, 그러믄 못 쓰지. 떽! 그 손 놓아야지? 응? 값을 치러야 젊은이 물건이지."

"아이 참……."

역시 아저씨보다는 아줌마를 상대하는 것이 더 어려운 일이었던가.

하남성의 중턱쯤에 있는 평여에 정착하게 된 왕정이다. 다른 이유가 있는 것은 아니고 평여에 광산을 끼고 있는 천중산이 있어 정착을 하게 된 것이다.

금자를 세 냥이나 써서 아주 낡디낡은 집을 얻어 살게 된 그는 오랜만에 독공의 재료가 될 것들을 얻기 위해 시전에 내려왔다.

'그런데 오늘은 주인 아저씨가 아니라 아주머니라니…….'

아무래도 자신이 올 때마다 약초상 주인아저씨가 이득을 잘 못 챙기니 아주머니가 직접 나선 듯했다!

하지만 아무리 그렇다 할지라도 이렇게까지 가격을 수비할 줄이야!

가을에 접어들어 가면서 바곳 독의 독성도 약해지고 가격도 비싸지긴 했다지만 한 줌에 동전 여덟 냥을 달라 하는 아주머니다!

'쳇…… 나는 독이 약해졌다고 좋은 것도 없는데 말이지.'

독공을 익히기 위해서 바곳을 사는 그로서는 바곳의 독이 약해졌다고 좋을 것이 전혀 없었다.

그럼에도 가격이 오분지 삼이나 올라갔으니 제법 속이 쓰린 왕정이었다. 게다가 원래 있던 주인아저씨라면 그의 얼굴을 보고 일곱 냥으로 싸게 해줬을 거다.

이게 다 그가 잡아 온 사슴 고기 뇌물이 제대로 먹히지 않은 탓이다. 주인아저씨는 그의 사슴 고기면 만사 형통이었다. 만사형통!

괜히 가져왔다 싶은 생활력 강한 왕정이 슬그머니 사슴 고기가 든 보따리를 잡아챘다.

"하하 참, 그렇다면야 이 고기는……."

"어어. 어린 동생. 이미 준 걸 뺏는 게 어디 있누. 자자, 이 손은 놓고 이야기 해야지."

금나수가 어디 따로 있을까?

왕정의 손으로부터 사슴 고기를 낚아채는 주인아주머니의 손은 분명 수련에 한창인 왕정 이상의 손놀림을 보여주고 있었다.

"아뇨. 그냥 정성도 먹히지 않는 거 같고…… 힘들긴 해도 요 아래 여. 섯. 냥에 되는 약초상도 있다고 하니……."

"여섯 냥은 좀 무리인 거 알지? 어딜 가도 여섯 냥은 없다구, 동생."

언제 봤다고 동생인가. 방금 전까지만 해도 못 쓰는 젊은이라고 했던 주인아주머니다.

하지만 사슴 고기에는 그녀도 어쩔 수 없는 듯했다.

하기야 정착을 하고 이류에 들어선 왕정으로서는 쉽게 잡을 사슴이지만 약초상 아주머니로서는 일 년에 한번 먹기도 힘든 것이 사슴 고기다.

약간은 할인을 해주더라도 사슴 고기를 챙길 이유가 주인아주머니에겐 있었다.

좋게 달래도 왕정이 묵묵부답으로 있어서일까? 결국 완고했던 주인아주머니가 항복 신호를 보냈다.

"……그럼 동생. 일곱 냥에 해 줄 테니까 어디 가서 이야기 안 하기야?"

"크흠, 한 줌에 여섯 냥 반 푼으로 하죠. 대신에 많이 살 테니까."

"아이 참, 동생도 사정 알면서. 이번에는 얼마나 사 줄 건데?"

그래도 처음보다는 완고함이 덜한 그녀다. 지금도 피를 뚝뚝 흘리고 있는 사슴 고기에 회가 동한 것이 분명하리라.

"쉰 줌이요. 가을 지나 겨울이 되면 내려오기 힘들 것 같으니 한 번에 사려고요."

"쉰, 쉰 줌이나?"

"예. 무려 오. 십. 줌이요."

됐다. 이제 정말로 기세는 그에게 기울어 있었다.

쉰 줌이라는 말을 들은 주인아주머니의 눈은 쉰 줌을 팔고 남는 이문으로 무얼 살지 고민하는 순수한 처녀와도 같은 눈빛이었다!

"이거 쉰 줌이면 은자로만 세 냥에 구리 스물다섯 냥인데요? 그죠?"

"은자 세 냥"

이곳은 광산 때문에 이루어진 현이다.

그렇다 보니 광산에 일하는 광부들이 많고 덕분에 꽤나 수입도 짭짤하게 벌어먹고 살긴 한다.

광부일이 험하다 보니 부상은 매사 있는 일이고, 그 부상을 치료하기 위해서 광부들이 사는 약초가 제법 되기 때문이다.

허나 그렇다고 하더라도 무려 은자로만 세 냥이 되는 돈은 어지간한 집 생활비 십 중 삼할!

주인아주머니로서도 눈빛이 변했다. 그 눈빛을 해석해 보자면.

'어머. 이 거래는 잡아야 해!'

하는 표정이리라.

"좋아, 동생. 대신에 다음번에 올 때도 우리 약초상을 이용해 줘야 하는 거 알지?"

"예이. 물론입죠. 다음번에는 은행을 많이 살 테니까 은행 좀 더 해 주시고, 좀 수고스럽더라도 콩도 좀 부탁드릴게요."

"우리 집 아저씨한테 콩 구해 달라는 젊은이가 동생이었어? 어머. 그것도 모르고 막았네. 알겠어. 내 우리 집 아저씨한테 부탁할 테니까. 다음에도 꼭! 알지?"

"예. 예. 후후. 그럼 어서 담아주시죠."

"그래, 그래. 일단 이 사슴고기부터 재워 두고, 호홋."

거래 성립이다.

—이번에도 이렇게 실랑이냐.

아직까지도 독존황은 거래를 위해 흥정을 하는 자신을 이해하지 못하는 듯하지만 어찌하랴.

왕정으로서는 흥정을 하면서 주인과 대화를 하고 입씨름을 하는 것이 살아가는 소소한 재미 중에 하나인 것을.

품에는 아직 금자 일곱 냥이 넘게 있는데도 이런 흥정이 재밌는 것을 보면, 아마 오랜 시간 뒤에 많은 돈을 가지게 되고서도 흥정을 계속하지 않을까 생각을 해보는 왕정이었다.

'후후, 물론 말은 하지 말아야지.'

앞으로도 계속 흥정을 하겠다고 하면 할아버지인 독존황이 자신을 구박할 테니 말이다.

은자 세 냥을 좀 넘게 사용하고 독공 연마와 수련에 필요한 여러 물건을 산 왕정은 바로 자신만의 작은 보금자리로 돌아왔다.

"후후. 오늘 수확이 좋았다니까."

—독한 놈……

그의 손에는 사슴 고기를 챙기던 주인아주머니가 보지 못했던 은행 몇 알이 들어 있었다.

이 정도면 왠지 궁상인 것도 같은 왕정이었다.

＊　　＊　　＊

—바곳 독은 됐고, 마비에 관련해서는 많은 독을 가지게 됐구나.

"확실히요."

—광물독이야 구한다고 구해지는 것이 아니니 시간을 두고 구한다고 치면, 역시 남은 독은 하나군.

광물독을 구하기 위해서 이곳에 자리를 잡은 왕정이다.

그런데 광물 독이 아니고 다른 독부터 구해야 한다고 말하니 왕정으로서는 잠깐이지만 당황했다.

"광물독은 왜 구하기 힘들죠?"

—뭐 일단 네 성취가 낮지 않느냐, 이류가 되고 실전덕분에 빠르게 사성 끄트머리에 가긴 했어도, 독단을 만드는 육성은 아직 아니니 말이다.

"흐음, 광물독을 흡수하는 것은 독단이 있어야 가능하다 이거군요?"

—지금도 가능은 하다. 단지 네가 말하는 효율성이라는 것이 낮아서 문제지. 다른 것은 가루를 내서 게어먹으면 되지만 광물독은 좀 다르거든.

지금까지 자신이 흡수한 독들은 꽤 여럿이다.

은행, 콩, 바곳, 감자에 죽기 전에 먹었던 만혈초 정도? 감자, 은행, 콩을 제외하고는 식용으로 쓰이는 것은 아니지만, 먹으면 먹어지는 것들이었다.

쉽게 말해 지금까지 먹은 독들은 섭취가 쉬운 독들이었다는 소리다.

그런데 이야기를 듣고 있자니 광물독은 좀 다른 듯했다.

'하기야, 그냥 금속을 먹을 수는 없겠지?'

그냥 가루로 만드는 것 외에도 뭔가 조치를 취해야만 먹을 수 있는 것이 광물독인 듯했다. 그게 아니면 성취가 높아서 독을 흡수하는 능력이 높아지거나.

'할아버지가 말하기로는……'

초절정에만 이르러도 독을 가루로 만들 것도 없이 주변에 있는 독들을 흡수할 수도 있는 것이 지금 익히고 있는 연독기공이라 했다.

하지만 지금은 초절정은커녕 절정에도 이르지 못한 자신이 아니던가. 아직까지는 광물독은 눈앞에 놓인 허상인 듯했다.

"그럼 어떻게 하죠?"

—말했잖느냐. 남은 독은 하나뿐이라고.

"대체 무슨 독인데요?"

—시독. 시체로부터 나오는 독이 필요하다.

"에엑. 시체요?"

이번에는 시체라고? 대체 자신은 독공을 익히기 위해서 어디까지 해야만 하는 것일까. 대뜸 시체를 이용한 독을 익혀야 한다고 하니 겁부터 나는 왕정이었다.

사냥을 하고 살생을 하며, 전투를 통해서 실전도 겪은 그이지만 시체를 이용해서 뭔가를 한다는 것에는 꺼림칙할 수밖에 없는 것이다.

게다가.

"혹시, 사람 시체는 아니지요?"

이게 문제다. 설마 사람 시체라도 이용해야 하는 거면 독공을 당장에 포기해야 할지도 모를 일이다.

말 그대로 인륜을 저버리는 일이니까. 배운 것이 얼마 없는 왕정이라 하더라도 사람 시체를 이용하는 무공치고 제대로 된 것은 없다는 판단 정도는 할 수 있었다.

—허허. 사람 시체도 이용할 수도 있지만, 그건 네가 싫잖느냐?

"……뭐 그렇지요."

—이 할애비도 무리를 해서 독공을 익히게 만들 생각은 없다. 예전이면 몰라도.

예전이라는 말이 왠지 거슬리는 왕정이었지만 그에 대해

서는 대꾸를 하지 않고 넘어갔다. 굳이 긁어 부스럼을 만들 필요는 없다고 생각한 것이다.

대신에 다른 해법을 물었다.

"그럼 어떻게 하죠? 시독을 익히긴 익혀야 하잖아요?"

─물론. 시독은 부식 독에 속하는 것인지라, 잘 익혀둬야만 실전에서 써먹을 수 있거든. 상대의 몸 그 자체를 부식시켜 버리는 거지.

"으음……."

부식 독의 한 종류라니.

역시 자신이 익히고 있는 무공이란 것은 결코 보통의 무공만은 아니라는 것을 실감하는 왕정이었다.

"뭐 다 그렇다 치고, 그럼 사람 시체가 아니면…… 아아. 동물 시체를 이용하면 되겠군요?"

─그래. 어쩐지 오늘은 늦게 눈치를 채는구나. 흘흘. 사람이 아닌 동물이라 해도 시체는 시체니까.

"흐음……."

동물 시체를 독공을 익히기 위한 재료로 사용한다라. 그렇게 되면 사냥한 동물로부터 나오는 시체를 독공에 그대로 사용해야 한다는 소리가 아닌가.

'왠지 손해 보는 기분이다.'

오늘 거래에서 보았듯이 적당히 먹고 남은 고기만 넘겨

쥐도 약초를 구하는 데 수월하다. 잘 팔면 돈이 되기도 하고.

왕정에게 사냥물의 시체란 일종의 전리품이자 생활을 하게끔 만들어 주는 생활의 근원인 것이다.

헌데 그것을 가지고 수련을 해야 한다니, 손해 보는 느낌이 들지 않으면 이상한 일일 게다.

그런 왕정의 마음을 꿰뚫어 본 건지 독존황이 한 마디를 남긴다.

―흘흘. 네놈 머리에서 뭘 생각하는지 알겠다. 부식 독을 잘만 익히면 나중에 그걸로 크게 돈을 벌 수 있게 해 줄 테니 잠자코 하거라.

오. 낭인 일을 하는 것 외에는 돈을 벌 줄 모른다고 생각했던 독존황이 부식 독으로는 돈 버는 법을 아는 것인가?

왕정은 자신도 모르게 반색을 하면서 물었다.

"헤에? 할아버지가 돈 버는 법도 아시는 거예요?"

―예끼. 예전에 내 문파에 속한 문파원들의 가족들을 위해 잠시 벌였던 일이 있다. 그걸 잘 사용하면 제법 돈이 될 게다. 어쨌든 어서 시체나 구하러 가자꾸나. 네가 좋아하는 사냥을 하러!

"예이! 예이!"

돈. 돈을 벌 수 있는 방법을 알고 있단 말이지?

어떤 방법인지는 몰라도 자신에게 허튼소리는 하지 않는 할아버지가 말한 것이니 분명 돈이 될 거다.

자신보다 돈에 대해 무감각한 할아버지가 큰돈이 된다하면 자신의 기준에서는 상상 이상으로 큰돈일지도 모르고.

'기대해 봐야겠어. 흐흐.'

이화에게서 얻은 돈으로 어지간한 서민보다 여유로운 삶을 살게 된 왕정. 그는 여전히 돈 앞에서는 빈곤한 노예였을 따름이었다.

그런 그가 동물들의 시체를 구하기 위해서 몸을 움직였다.

*   *   *

"으차아!"

멧돼지다.

자신의 몸보다 족히 세배는 되는 거대한 멧돼지를 잘도 사냥에 성공한 왕정이다.

전이었다면 손도 대지 못할 사냥감들을 이곳에 자리 잡고는 흑하고 잘도 잡는 것이다. 그만큼 그의 능력이 상승했다고 봐도 무방할 것이다.

게다가 거대한 몸집을 가진 데다 사후경직까지 일어난

멧돼지 시체를 홀로 나르고 있는 것을 보면 감탄이 일 정도다.

—많이 강해지긴 했구나?

"헤헤. 이래 봬도 이십 년 내공인데요."

그렇다.

왕정이 이화의 의뢰를 끝내고 이곳에 자리를 잡은 지도 어느덧 두 달.

끊임없이 새로운 독공을 익히고 사냥을 해 가며 살아가던 왕정은 벌써 이십 년 내공을 가지는 데 성공한 것이다.

필수적인 조건은 아니지만 절정에 이르기 위해서는 최소 삼십 년의 내공을 가져야 한다고 하는 것이 강호의 정설.

아직 십 년 정도의 내공이 부족하지만 이 속도라면 몇 달이 아니라 한 달 내에 십 년 내공을 더 가질지도 모른다.

"시독을 익히니까 확실히 빠르긴 하네요? 독공 익히는 속도가 남달라졌어요."

—흘흘. 원래부터도 빠른 거였다. 다만 시독 덕분에 더 빨라진 게지. 독이 독을 만드니 빨라지지 않으면 이상하잖느냐.

독존황의 말대로 시독은 독이 독을 만드는 개념이다. 어떻게? 시독을 만드는 과정을 보면 이해하기 편할 거다.

먼저 시독의 재료는 시체다. 왕정의 성격상 사람 시체는 쓰기에 맞지 않아 동물의 사체를 쓴다.

여기까지는 누구나 아는 사실.

그리고 이다음부터가 좀 다르다. 보통은 시체에서 시독을 얻기 위해 많은 시간을 할애한다.

시체가 부식되고 시독을 품을 때까지의 시간이 할애될 수밖에 없는 것이다. 하지만 왕정은 이런 과정을 독존황의 조언을 통해 획기적으로 줄였다.

—어차피 흡수하면 그 독이 그 독인 게야. 다시 얻는다 생각하고 시체에 독을 풀도록 해라.

즉, 시체가 빠르게 시독을 품도록 배양하기 위해서 왕정이 손을 쓴 것이다.

자신의 몸에 내포된 독을 풀어서 시독이 더욱 빠르게 배양이 되도록!

물론 처음에는 그가 가진 독의 속성상 부식 독에 대한 속성이 없어 바로 이런 처리가 가능하지는 않았다.

하지만 처음이 반이라고 하는 말도 있지 않았던가?

처음 얻은 동물의 시체에서 부식 독의 일종인 시독이 생기기 시작하고부터는 일사천리였다.

생기는 시독을 바로 흡수해서 이를 심법을 통해서 불리고, 다시 시체에 주입을 하면 배 이상 늘어난 시독을 배양할 수 있었기 때문이다.

즉, 불리고 또 불려서 시체로부터 시독을 얻는 것이다.

"으으. 시독부터는 다른 독과 달리 먹는 게 아니어서 다행이에요."

—흘흘. 이 할애비도 그런 정도였으면 시키지도 않았을 게다.

시독은 다른 것과 달리 가루를 내어서 흡수하는 방식을 사용하지 않은 왕정이다. 물론 이 방법도 되기는 된다.

하지만 썩어 문드러진 시체를 가루로 내는 것도 힘들뿐더러, 그것을 다시 흡수하는 일은 정말 사람으로서 못할 짓이었다.

사성의 끄트머리에서 오성의 초입 정도가 되니, 몸에 가까이하고 심법을 돌리는 것으로도 독이 흡수되어 다행이랄까?

아직 완전히 오성에 이른 것은 아니지만, 가까이 있는 것을 흡수하는 공능이 일어나서 가능하게 된 방법이었다.

왕정의 말대로 만약 시체를 그대로 가루를 내고 먹어야 했다면.

"……끔찍했을 거예요. 휴우, 썩은 콩까지는 어떻게 먹는다지만 아무래도 고기는 고기답게 먹어야 한다고요."

—흘흘. 비위가 많이 상하기야 하지. 어쨌거나 순조롭게 되어가고 있구나. 이제 순차적으로 오성 끄트머리에 올라

가고 깨달음만 얻으면 되겠어.

독존황의 말대로라면 오성을 지나 육성의 절정에 이를 수 있을 거다.

몇 달 전 자신과 함께 여행을 했던 이화가 이르렀던 경지이기도 하고 또한 기를 유형화할 수 있는 경지가 바로 절정의 경지.

분명 그러한 경지에 올라가게 되면 앞으로의 삶이 조금 많이 편해지지 않을까 막연히 생각하는 왕정이다.

아직 자신이 얻지 못한 경지이니 막연하게만 생각을 하는 것이다. 그리고 그 이전에 그에게는 걱정이 있었다.

'근데 그게 쉽게 되려나……'

독존황이야 절정 정도는 쉽게 오를 수 있는 거라 생각하지만 과연 자신도 절정에 쉬이 오를 수 있겠는가?

처음 기감을 익힐 때도 보았듯이 기감을 익히는 것 만으로도 제법 많은 시간을 들였던 자신인데? 할아버지인 독존황이야 사냥꾼의 방식과 무인의 방식을 함께 사용하여 자신보다도 고수를 죽이는 왕정을 꽤 높게 치고 있는 것을 알고 있다.

하지만 현실은?

'어쩐다……'

절정에 이르는 것을 어찌해야 할지 걱정하고 있는 왕정

이 있을 뿐이다.

그에게 있어 무공이라 하는 것은 아직 자신감을 가지기에는 요원한 분야다. 차라리 사냥꾼 일에 더 목을 매라고 하면 더욱 열심히 할 이가 바로 왕정이다.

사냥꾼이야 어려서부터 배워 오고 나름의 경지를 개척해 가는 분야지만 무공의 경우에는 기감에서부터 뭣하나 쉽게 익힌 것이 없기 때문이다.

다만 한 가지 다행인 것이 있다면.

―흘흘. 너무 걱정 말거라. 이 할애비가 있잖느냐? 다 방도를 생각해 놓았으니 너무 걱정 말거라. 이 할애비가 잘 생각해 보니 실전에 강한 네 속성을 이용하면 되겠더구나.

"그러니까 그 실전이 뭐냐고요. 저 실전에 강하지 않다니까요?"

―원 녀석도. 걱정 말래두? 다 손주인 네가 잘하면 시원시원하게 넘어갈 일이야. 허허.

독존황이 자신의 경지를 올릴 만한 방법을 생각해 놨다는 거다.

하지만, 문제는 그게 과연 무슨 방법인지를 말하지 않았다는 데에 있다. 고작 세 번의 실전을 겪어 온 자신이 실전에게 강하다니?

게다가 실전에 강한 것을 이용해서 어떻게 경지를 상승

시킨다는 것인가?

"휘유…… 몰라요. 몰라. 어떻게든 되겠지요."

—흘흘. 걱정 말래두. 자아, 오늘도 시독을 배양해 보자꾸나.

동물 사체들과의 수련. 그리고 독존황의 무서운 생각(?)까지. 여러모로 고된 하루를 보내가면서 강해지고 있는 왕정이었다.

第九章

이게 무슨 실전!?

시독을 통해서 이십 년 내공을 얻는 데에 성공한 왕정이다.

시독 자체가 다른 독에 비해서 구하기 쉽고 배양이 쉽다 보니 빠른 것은 당연한 일이었다. 자급자족이 되니까.

"다음은 광물 독이네요?"

―그래. 해서 네가 광부 일을 시작한 거 아니냐.

"그렇지요. 하, 무인이 되려고 사냥꾼에서 광부가 되다니. 참. 세상 오래 살고 볼일이네요."

―이제 열여섯 살인 네놈이 무슨 나이 타령이냐. 어서 하나라도 더 캐라!

"예이. 예이."

광물은 예로부터 비싸게 취급받는다. 가공하기에 따라서 무기로도 만들어질 수 있는 게 광물이니 당연하다.

특히나 왕정이 캐고 있는 광산의 경우에는 철광산이니 더더욱 당연한 일일지도 모른다. 무기하면 철이니까.

"어이. 거기 더 열심히 하라고!"

"알겠수다."

광산의 분위기 자체는 그리 어둡지 않은 편이다.

광부 일 자체가 많은 노동력을 요하는 일이지 않은가. 힘을 많이 쓰는 일이다 보니 텃세를 부리고 할 사람도 없었다.

길어야 몇 달 일하면 요양을 위해서라도 한 달 정도는 쉬어 주는 일이 광부 일이기도 했으니까.

게다가 이곳은 관으로부터 특별히 허가를 받은 철금방이란 문파가 운영하는 광산이다.

사파에 속한 문파의 경우에는 사람을 강제로 부리는 경우도 많지만 철금방의 경우에는 정파의 문파다.

다른 이들의 보는 눈을 의식해서라도 일하는 사람들을 함부로 대하거나 하지는 못했다.

게다가 일을 하는 사람 중에서 오 할 정도는 철금방에 속한 자들이다 보니 자유로이 풀어주는 분위기기도 했고.

그런 곳에서 일하다 보니 왕정은 생각보다는 고됨을 느끼지 않고 일을 하고 있었다.

'오늘은 얼마 정도나 챙겨야 하려나?'

터어어억. 터억.

곡괭이로 광물을 캐기 위해 굴을 파고 있는 와중에도 왕정은 감독관의 눈치를 슬슬 보았다.

그가 이곳의 광부가 된 이유는 광물을 얻기 위함, 정확히는 광물이 되기 전의 광석을 얻기 위함이다.

광물의 경우에는 가공된 것보다는 광석인 상태에 있는 것이 독을 흡수하기에 더욱 좋기 때문이다.

'광물도 생(?)것이 좋은 상황이란 거지.'

어쨌거나 그런 이유로 그가 광석을 구하기 위해서 광부 일을 시작한바, 목표를 위해서라도 광석을 챙겨야 했다.

아무리 광부라 하더라도 광물을 따로 살 수 있다거나 할 수는 없기 때문이다.

'뭐, 광물을 챙겨가기는 해도……'

그만큼 다른 이들보다 일을 더 해주니 광산 입장에서도 손해 보는 바는 없을 거다.

어째 도둑질을 합리화하는 것 같기는 해도 광석을 구해야 하는 그로서는 달리 수가 없었다.

'오늘은 한 근 정도가 적당하겠지. 할아버지도 당분간은

광물 독을 익히는 데 시간을 할애해야 한다고 했으니까.'

광물 독을 익히는 데 필요한 독을 모으기 시작한 지가 어느덧 한 달 반이다.

시독을 어느 정도 모으고 나서부터 시독 배양 자체는 아침, 저녁만 하는 그다. 시독을 구하기 위한 사냥감은 쉬는 날에 가서 한 사냥으로 충분했고.

그 외의 모든 시간을 광산에서 광부 일을 계속하는 데 할애해 온 것이다.

많으면 한 근 정도를, 적으면 반 근 정도를 매일같이 모아 왔으니 그 양이 결코 적지만은 않았다.

감독관도 그가 광물을 빼가는 것을 눈치는 챈 듯했다.

하지만 그 특유의 넉살로 감독관에게 고기도 적당히 갔다 바친 데다가, 다른 광부들도 적당히 광물을 챙기고는 했기에 알아서 봐주는 면이 있었다.

감독관조차도 술이 고프고 할 때는 주변에 있는 대장간에 광물을 가져다 팔아 술값을 충당하고는 하기 때문이다.

철금방 입장에서도 그 정도의 융통성은 있기에 뭐라 하지는 않았다.

사실 하루에 광선 반 근 정도를 챙겨서 녹여봤자 얼마 되지도 않는 양이기도 하니까.

'이 짓도 이제는 얼마 안 남았다.'

챙길 대로 챙긴 상황이니 일부러 남아서 더 모을 필요는 없는 것이다.

터어어억. 터억.

땀 흘려 가면서 열심히 곡괭이질을 하는 왕정이었다.

"그래. 내일부터는 당분간 안 온다고?"

"예. 저도 좀 쉬어야지요."

"하기야 젊은이치고 오래 일하기는 했지. 덕분에 고기 좀 먹었는데 아쉽구먼?"

"하하. 아주 그만두는 것도 아니고 다시 또 올 건데요 뭐."

지금까지 모아서 사용 할 광물로 독공을 대성할 리도 없잖은가.

꽤 시일이 지난 지금까지도 은행, 콩, 바곳, 시독을 이용해서 독공을 익히고 있듯 광물이 또 필요할 수도 있는 것이다.

그러니 달리 광물을 구할 방법을 얻지 않는 한은 언제고 다시 광부 일을 시작할 수밖에 있었다.

"그래. 그럼 그때 가서도 잘 부탁한다고?"

"예이. 예이. 저도 잘 부탁드립니다."

"흐흐. 그래. 그럼 오늘은 이거나 가져가라. 내가 챙겨 가려고 했는데 잠시 쉰다니 너가 챙기는 게 낫겠지."

중년의 감독관이 짐짓 쑥스러워 하면서 그에게 뭔가를 건넨다. 오늘 왕정이 챙기기도 했던 광석이었다.

그가 술값으로 사용하려고 챙겨 났던 것을 그에게 준 것이다.

생각지도 못한 선물에 왕정이 기분 좋게 웃으며 그를 바라본다.

"감독관님. 감사합니다!"

"크흠. 뭣 하냐? 어서 안 가고."

나이에 맞지 않게 여전히 쑥스러워 하는 그다. 하기야 투박하면서도 이렇게 챙겨 주는 그의 모습 덕에 광산에서 그를 따르는 자가 많은지도 모르겠다.

'좋네⋯⋯.'

선물에 좋은 기분을 느끼며 산 아래로 하산을 하는 왕정이었다. 그리고 당분간 그는 광물 독을 흡수하기 위한 칩거에 들어가게 되었다.

*　　　*　　　*

"정제도 보통 일이 아니네요."

—세상사 쉬운 일이 어디 있겠느냐. 그나마 네가 익히는 연독 기공이 다른 무공에 비해 쉽다는 것에 감사해 하거라.

"예이. 그래야겠지요."

―흘흘. 그래. 어서 정제나 하려무나.

시독을 익히기 전까지만 해도 이 말에 동의하지 않았을 거다. 하지만 지금에 와서는 안다.

독공의 재료가 될 독들만 쉽게 구할 수 있다면 자신이 익힌 연독기공은 분명 익힘이 빠른 무공이다.

다른 무공에 비해서 훨씬 빠르다는 소리다.

독존황으로부터 들은 것이 아니고 이화로부터 들은 말들 덕분에 알 수 있는 것들이었다. 둘이서 여행을 하면서 제법 쏠쏠한 무림 이야기들을 들었으니까.

문제는 독공의 재료다.

'문제는 독이 구하기가 힘든 게 문제지.'

자신이야 할아버지인 독존황이 일상생활에서도 구할 수 있는 독에 대해 가르쳐 줘서 그나마 다행이다.

단계에 맞춰서 이용해야 할 독 중에서도 쉬운 것들을 가르쳐 주니까. 바곳, 콩, 은행, 시독까지, 광물 독을 제외하고는 다 구하기 쉬운 독 들이다.

하지만 다른 사람들은 어떻겠는가? 들어보기만 해도 구하기 쉬운 독들은 없다.

천 년 화리는 아니어도 백 년 화리니 뭐니 하는 것들을 가지고 독공을 익힌다는데 서민 중에 서민인 왕정으로서는 절대 구하지 못할 것들이었다.

'할아버지 덕을 본 거지. 할아버지가 아니었다면 평생 무공을 익힐 일도 없었겠지만.'

무공을 익혔다고 하더라도 이렇게 쉽게 익히지는 못했을 거다.

덕분에 할아버지인 독존황에 대한 믿음이 꽤나 두터워진 왕정은 전에 비해 독존황의 말에 잘 따르는 편이다.

퍼서억. 퍼석.

"으음."

단련된 그의 손에 철원석이 으깨진다.

원석 상태여서 정제된 철보다는 덜하지만 그렇다 해도 돌은 돌이다. 철을 제외한 다른 곳을 제거하는 것이라고 하더라도 단단한 것은 마찬가지고.

내공이 없었더라면 아무리 끈덕진 성격을 가진 왕정이라 하더라도 시도해 보지 않았을 일이다.

시작이 있으면 끝이 있듯이, 으깨어져 가던 돌도 결국에는 끝을 보였다. 완전한 가루는 아니어도 가루에 가깝게는 된 거다.

"흐음, 쉽지 않은데요?"

—일단은 여기까지 해야겠지. 독공의 화후가 더 높아지면 그때부터는 완전한 가루로도 내겠지만 지금은 무리다.

"예. 효율성의 문제니까요."

―그래. 이제는 광물독이나 흡수하도록 하자꾸나. 그리하면 모든 조화가 맞춰질 거다.

"조화요?"

이게 무슨 소리인가.

자신이 지금까지 흡수한 독들에는 조화가 없었던 건가. 아니면 이 광물 독을 흡수함으로써 뭔가가 추가되는 건가?

어느 쪽이든 간에 왕정으로서는 궁금증이 강해질 수밖에 없었다.

―그래. 조화. 네가 지금까지 흡수한 독은 강한 신경 독에서부터 마비 독에 시독까지 꽤 많은 독을 흡수했지 않느냐.

"……확실히 그렇긴 하지요."

―그렇게 종류별로 흡수했다는 것이 중요하다. 또한 지금까지 흡수한 독에 광물독을 흡수하게 되면 균형이 맞게 되는 것이고.

"흐음……."

새로운 종류를 흡수해 냄으로써 균형이 맞게 되고 그게 조화로운 상태로 이른다는 건가?

독공에서 조화에 관한 것을 말할 줄은 몰랐지만 흥미가 생긴 왕정은 제법 깊게까지 생각을 이어갔다.

독존황도 그 스스로 생각을 하는 것이 좋은 것이라 여겼는지 달리 말을 하지 않은 채 왕정의 생각이 정리될 때까지 기다려 주고 있었다.

'균형.'

종류. 조화. 독. 무공. 많은 부분들을 생각해 나갔고 그것을 종합해 나가는 왕정이다. 그리고 이내.

"아아……."

—알았느냐?

"예. 단순한 것이지만 최대한 많은 종류의 독을 흡수해서 제 단전에 내포하는 것이 중요하군요."

—바로 알았다!

무공은 한 번에 하나를 익히는 것이 좋다. 설사 많은 무공을 익힌다고 하더라도 주력으로 익히는 무공은 따로 있는 법이다.

허나 독공은 다르다.

독공 하나만 익힌다고 하더라도 익혀야 할 독의 종류는 굉장히 많다.

나눔에 따라서 신경 독, 마비 독, 산혈독, 광물 독에서부터 시작해서 섞기에 따라서 다양한 종류가 되는 혼합 독에 이르기까지!

앞으로 만들어질 것도 또한 지금까지 만들어진 독도 굉

장히 많다는 소리다. 그러한 것들을 모두 익혀야만 언젠가 독공을 대성했다고 할 수 있는 것이고.

그런 독공에 대해서 정리가 됐다.

깨달음의 수준은 절대 아니다. 쉬운 이야기고 기초적인 이야기라 할 수 있는 것을 안 거다.

하지만 알았다는 것이 중요하다. 대강 알고 무공을 익히는 것과 바른 방향을 알고 익히는 것은 그 깊이가 달라지기 때문이다.

독존황도 그를 알기에 전보다 더 기꺼운 어투로 왕정에게 지시를 내렸다.

―이제 시작하자꾸나. 광물 독을 흡수하는 것으로 네 독공은 한층 진일보할 수 있을 게다.

"예!"

가부좌를 튼 채로 정제한 광물 독을 양손에 집어 든다.

"후읍. 후으……."

들숨과 날숨이 뒤바뀔 때마다 정제되어 있던 광물 독의 독기가 손을 타고 그의 몸에 스며든다.

그렇게 왕정은 광물 독을 흡수하고 독의 조화를 이룸으로써 새로운 독공의 경지에 한층 더 올라설 수 있었다.

*　　　*　　　*

독공은 내기다. 내기를 익히면 남는 것은 외공이다. 몸을 움직이는 법을 알고, 몸을 사용하는 법을 아는 것이 바로 외공.

그 외공 또한 내기와 같은 독공과 균형을 맞추기 위해서 왕정은 그날 하루도 땀을 흘리고 있었다.

"하아아압."

―그래. 그거다! 권법이라는 것은 그냥 내뻗기만 한다고 되는 것이 아니다! 모든 무공이 그러하지!

왕정으로서는 시도 때도 없이 들었던 이야기다.

독존황은 독을 종류별로 분류하고, 단계별로 익히게 만들었던 그 성격이 어디로 간 것은 아닌 듯 권법 또한 세밀하게 분류하고 가르쳤다.

그의 말에 따르면 주먹을 날릴 때 중요한 것은 바로 회전. 달리 말하면 회전 운동이 관건이었다.

특히나 절정에 이르러 강력한 무기라 할 수 있는 권기나 권강과 같은 것을 쓰기 이전에는 이러한 몸을 사용하는 묘리가 가장 중요하다 말했다.

―타격을 가할 때의 회전. 그게 곧 타격력의 증가를 일으킨다.

"하아압!"

독존황의 묘리를 들어가며 그가 열심히 손을 내뻗는다. 그와 함께 하체는 보법에 따라 움직이기를 그치지 아니한다.

다른 권법을 익히는 무인들과 비슷한 모습.

다만 다른 점이 있다면 방어를 생각하는 다른 무인들의 움직임과는 달리 오직 공격 일변도로 보이는 그의 모습이리라.

독공을 익히고, 그 파괴력을 이용하여 오직 공격으로 파고드는 것만을 연구한 무공이 왕정이 익힌 권법이기에 그러한 모습이 나온 것이다.

─앞에 너의 적을 그려라. 사혈련의 무사든! 이화라는 그 어린 아이든 누구든 좋다!

"예!"

독존황은 회전의 묘리를 설명하여 그의 무공을 진일보시킴과 동시에 '자극'에 대한 훈련도 소홀히 하지 않았다.

가상의 적을 만들고 그를 상대하는 것 혹은 전에 목숨을 걸고 상대했던 사혈련의 무사들을 떠올리는 것.

이 모든 것들이 훈련이었다!

전에 있었던 위험과 실전 경험을 다시금 회상케 하고 그를 통해서 신경을 '자극'하고 활성화시키는 것!

간단한 원리인 듯하지만, 때로는 소홀히 하는 그러한 자극에 대한 것을 독존황은 항시 강조했다.

—모든 것은 기초에서부터 시작하는 법이야. 휘둘러라. 지금 쌓는 것들이 전부 네게 도움이 될 터이니.

"……흐아아압!"

그의 주먹이 다시 앞으로 쏘아진다.

단순히 주먹을 쥐는 것이 아닌 손바닥을 위로 한 채다. 약간 펴진 상태에서 쏘아지는 주먹인 것이다.

퍼어어억!

그것이 가상의 적에 도달하는 순간!

위로 뻗어 있던 그의 손바닥이 손등과 방향을 바꾼다. 그러고는 가상의 상대에게 그대로 작렬하는 그의 주먹!

겉보기에는 의미 없는 주먹질로 보일지 모르나, 이 또한 한 번의 회전을 줌으로써 상대에 타격을 가하는 행위다.

조금 더 실전적으로, 조금 더 빠르게, 조금 더 강하게를 끊임없이 외우며 수련을 해 나가고 있는 것이다.

"후우…… 후우."

—다음은 바로 내공 수련이다. 서둘러야 하는 것을 알고 있겠지?

"예. 그러니까 미리 말해 줬으면 더 빨리 했을지도 모르잖아요."

—허허. 그때는 네가 무공을 전혀 익힐 생각이 없었으니

까. 어서 움직이거라.

그가 서둘러야 하는 이유. 그것은 그가 처음 수련을 했을 때 독존황이 비밀로 부쳤던 것에 있다.

빠르게 경지에 이르지 못하게 되면 온몸이 한 줌의 혈수로 녹아버리게 된다는 것. 연독기공이 마공이기에 가지는 태생적인 한계다.

겉만 보기에는 마공이라고 알 수 없었기에 가르쳐 주지 않으면 모르는 사실이기도 하고.

천재나 다름없던 독존황에게는 필요도 없던 제약이나 마찬가지지만 당장에 기감 익히기만으로도 많은 시간을 들였던 왕정으로서는 놀랄 노 자의 일이다.

"에휴……."

그나마 왕정에게 희망이 있다면 독존황이 그를 물심양면으로 돕고 있다는 것.

자신이 그를 가족으로 여기듯 그 또한 자신을 가족이라 여기며 그의 수련과 그 방법을 위해서 모든 노력을 다하고 있다는 사실이 위로가 될 뿐이었다.

애당초 그가 독공을 익히게 하지 않았더라면, 문제될 것도 없는 일이지만 이 모든 일은 뱀에게서 물린 왕정의 방심으로부터 나왔으니 어쩌겠는가.

그로서는 독존황이 경지에 이르기 위해 생각해 냈다는

방법에 도달하기 위해서 수련하고 또 수련을 할 따름이다.

　'만독이란 결국 하나로부터 나왔으니 세상 모든 것이 독을 이름이다. 독이란 결국…….'

　독을 통한 내기의 상승. 권법을 통한 내기의 활성화. 경지에 이르기 위한 끊임없는 노력.

　왕정은 앞으로 나아가기 위해서, 또한 마공의 한계로부터 살아남기 위함이라는 의지 아래 계속해서 앞으로 나아가고 있었다.

　이화로부터 헤어진 지 세 달째인 어느 날의 일이었다.

第十章

이게 실전?

—실전이 멀리 있는 것은 아니다.

　"그렇다고 해도 이건 좀……."

　—어허. 그래도 살아야 할 거 아니냐?

　"하아, 애당초 뱀에 물렸을 때, 사경을 헤매는 게 나았을 지도 모르겠어요. 매일이 죽을 고비이니……."

　기감을 익힐 때도 그랬다. 그 푸르죽죽한 몸이 너무도 싫었다. 평생 홀로 살아야 할지도 모를 괴물 같은 몸이었으니까.

　해서 목숨을 걸고 독초를 먹어 어렵사리 기감을 열었었다.

그렇게 해서 본격적으로 익히기 시작한 게 독공이었고 지금에 와서는 제법 많은 독을 흡수해 가면서 독공의 경지를 상승시켜 왔다.

어느덧 육성에 가까운 오성의 끄트머리니까.

기감을 얻고 본격적으로 독공을 익히기 시작한 지 십일 개월 만에 얻은 쾌거다. 문제는 그런 독공이 자신의 목숨을 위협하고 있다는 것.

'어째 할아버지가 내 몸에 강림해 있고부터는 죽을 고비가 주기적으로 찾아오는 느낌이 든단 말이지…….'

"에휴……."

피해갈 수 없는 현실에 한숨을 쉬지만 결국 독존황의 말에 따를 수밖에 없다는 것을 자신도 안다.

경지를 올리기 위해서는 많은 수련 끝에 얻을 깨달음이 있다거나, 목숨을 건 실전 끝에서 얻는 깨달음 같은 것이 필요하다.

요점은 방법이야 어쨌든 간에 깨달음을 필요로 한다는 것이다.

문제는 무공을 익힌 지 일 년이 되지 않은 자신으로서는 실전 상대를 찾을 시간도, 수련을 더 쌓아 문득 올 깨달음을 기다릴 처지도 되지 않는다는 것에 있다.

자신에게 남은 시간은 일 개월이니까.

'죽기는 싫은데 결국 제 발로 죽을 자리를 찾아가는 느낌 같단 말이지.'

하지만 결국 방법은 없다.

"크흡……."

그는 자신이 지금까지 얻었던 모든 독들을 정제하고 또 정제하여 얻은 환단들을 물어 입에 한 움큼 집어넣었다.

독기를 강화하기 위해서 약탕기에 넣고 조리고 또 조려 얻은 환단들이다.

겉으로 보기엔 작은 약 같아도 그 독기는 그가 지금까지 얻은 독기들과 비견되는 양인 셈!

지금까지 그가 수련을 죽어라 반복해 왔던 것은 바로 지금과 같은 실전(?)을 겪기 위해서였던 것이다!

—독을 제압하는 것도 결국에는 실전이다. 네가 지금까지 한 수련을 통해 얻은 것을 토대로 이 독을 흡수만 해내면 깨달음도 필요 없다!

독존황의 지론이다.

죽을 고비를 넘겨가며 독공을 이용하여 독을 흡수하는 것과 죽을 것 같은 실전을 겪는 것은 결국에 같은바!

이를 통해서 얻은 묘리가 있거나 혹은 살아남기만 한다면! 결국 그것이 경지에 이르는 지름길이라는 논리를 펼친 것이다.

다른 이가 말하면 무슨 멍청한 소리인가 하겠으나, 독으로 천하를 노렸다는 독존황의 말이었다.

그 나름 가족으로서 왕정을 생각하는 독존황이 거짓말을 할 리 없으니 왕정으로서는 믿고 행하는 수밖에.

"크흐흐으으읍. 시, 시벌……."

그가 오랜만에 크나큰 고통을 느끼면서 자신의 몸에 흡수되어 들어온 독기들을 움직이기 시작한다.

본격적으로 독을 흡수하기 시작한 지금부터는 욕도 하지 못한다.

'흡수해야 한다. 움직여야 한다.'

살아남기 위해서. 또한 경지에 이르러 앞날을 보기 위해서 지금의 방법으로 최선의 결과를 만들어 내야만 한다.

어떻게 살아 온 목숨인데! 어떻게든 한다!

삶. 그 하나만을 위해서 고통 받고 있는 그가 연독기공을 본격적으로 돌리기 시작했다.

*   *   *

죽을 뻔했다. 정말 그 말밖에는 달리 할 말이 없을 정도였다.

실전이라는 것이 항상 이렇게 목숨을 위협하는 것이라면

차라리 평생 실전을 하고 싶지 않는 왕정이었다.

"휘유…… 어떻게 되긴 됐네요?"

—그래도 반쪽짜리긴 하다. 진정한 깨달음을 얻었다고 보긴 힘드니까.

독존황의 말대로다.

자신은 지금까지 흡수한 만큼의 독을 흡수하면서도 깨달음은 얻지 못했다. 단지 힘만 놓고 보았을 때 경지 상승을 했다고 할 수 있을 정도다.

말 그대로 깨달음은 없이 힘만 강해진, 반쪽짜리 결과를 거둔 셈이다.

"그래도 전에 비해서 내공 순환은 쉬이 된다고요?"

—그러라고 했던 도박 아니, 실전 아니었느냐. 당연히 그래야지. 다만 어서 깨달음을 얻긴 해야 할 거다. 목숨줄은 길게 늘렸어도 실력이 낮으면 곧 죽음으로 이어질 수도 있으니까.

"흐음, 무림에만 안 나가면 괜찮지 않을까요?"

사냥만 하고 사는 것.

그것도 그것 나름대로 나쁜 삶은 아니지 않은가. 그렇게 되면 다른 무림인들과 엮일 일도 없게 되고 위험해질 일도 없어진다.

절정에 이른 힘을 가지면서 강해진 힘을 사용하지 못하

게 되는 것은 조금 아쉽긴 하지만 안전만 보장된다면야 그건 그거대로 좋았다.

하지만 뒤로 이어지는 독존황의 말에 왕정은 아쉬움을 삼킬 수밖에 없었다.

─힘들 게다. 이 안에서만 처박혀 살려고 해도, 사혈련은 널 잊지 않을 테니까.

"좀 많이 끈질기네요?"

─복수. 끈질김. 피. 그것으로 이어온 조직이 사혈련이다. 당연한 이야기야. 너는 이미 무림인이 되었어. 죽지 않는 한은 선택권이 없게 되었지.

"휘유."

그때 이화를 구하기 위해서 날렸던 한 발의 화살. 그 결과가 자신을 무림으로 끌어들일 줄은 진정 몰랐던 왕정이다.

'너무 우습게 봤을지도…….'

무림이라는 곳을 너무 쉽게 봤다. 나오고 싶다 해서 나올 수 있는 곳이 아닌 곳인데, 발을 들여 버린 것이다.

할아버지인 독존황이 자신에게 거짓을 말할 이유도, 의무도 없으니 이는 사실일 게 분명했다.

"어떻게든 무림인이 될 수밖에 없는 거군요?"

─그래. 그리고 이왕 될 것이라면 최고가 되는 것이 좋지

않겠느냐?

은근슬쩍 자신의 바람을 섞어 말하는 독존황이다.

왕정의 재능은 그리 높지 않더라도 자신이 옆에서 가르쳐 준다면 가능할 거라는 생각이 들어 하는 이야기기도 하다.

다른 이라면 몰라도 독공으로 높은 경지에 이르렀던 자신이라면 왕정을 키워줄 수 있다. 다른 스승과 달리 혼연일체가 되어 있다시피 한 사이이니까.

하지만 그런 그의 바람과는 달리 왕정의 관심사는 역시 다른 곳에 있었다.

"어쩔 수 없이 무림인이 되었다 하더라도, 최고는 역시 너무 피곤할 거 같은데요? 하하."

—크흠…… 다른 무림인들이라면 누구나 꿈꾸는 일이다.

역시 이놈은 특이한 놈이긴 하다. 독존황으로서는 지겨울 만한 소리를 또 입에 꺼냈으니까.

"차라리 돈으로 최고가 되는 게 낫지요. 그나저나 낭인만 되더라도 돈을 꽤 번다 했었죠?"

—또 돈이냐, 허허.

"제가 혼자 살아보니까 역시 최고는 돈이더라고요. 가족을 가지려고 해도 필요한 게 돈이고요. 그러니 무조건 돈이지요."

돈 예찬론. 다른 무인들이라면 하지 않을 예찬론을 펼치
면서 왕정이 은근한 말투로 물었다.

"그나저나 전에 시독을 사용하는 것도 돈이 된다고 하지
않았어요? 낭인 일로 돈을 버는 것도 좋지만 이왕이면 사
람 죽이는 일보단 다른 게 나으니까요."

—클, 절정이 되면 좀 변할 줄 알았더니 여전하구나 여전
해.

힘이 강하면 변하는 것이 당연한 게 이 세상이다.

강한 힘을 가지면 써보고 싶어 하는 것이 사람 심리니까.
또한 그러한 부분이 독존황이 원하던 부분이기도 했다.

왕정의 스승인 그로서는 왕정이 힘을 가지고 써보고 싶
어 하길 원한 것이다.

하지만 왕정은 그러한 보통 이들과는 다른 성격을 가진
듯했다. 힘을 가졌으나 변함이 없는 모습을 보이고 있었으
니까.

왕정 또한 바보는 아니어서 독존황의 바람을 알고 있긴
했다. 완전한 무림인이 되는 그의 바람을.

하지만 자신이 그런 사람은 되지 못하는 것을 어쩌겠는
가. 그저 헤실헤실 사람 좋게 웃으며 독존황을 달랠 뿐이
다.

"헤헤, 제가 좀 그렇죠 뭐."

―됐다. 되었어. 언젠가는 순리대로 가겠지. 우선은 시독을 이용해서 돈 버는 방법이나 알려주마.

"네!"

그의 우렁찬 외침 속에서 그날의 하루가 또 지나가고 있었다.

*　　*　　*

독존황이 그에게 제시한 방법.

그것은 약초꾼 일이다. 자연에서 약초를 캐서 약초를 내다 파는 약초꾼이 아닌 직접 약초를 키우는 약초꾼이라는 것이 일반적인 약초꾼과는 다른 부분이긴 했다.

―전에 말했지 않았더냐. 내 사람들을 위해서 시독을 가지고 돈 벌이에 쓴 적이 있다고.

"그렇긴 했지요."

―그래. 그때 사용했던 방법이다. 그때는 일반적인 농산물에 사용하긴 했지만, 약초도 통용은 되지.

"그러니까 시독으로 거름을 만들면 된다고요? 다른 사람들이랑 뭐 다를 게 없어 보이는데요?"

거름. 농사를 지을 때 좀 더 좋은 수확물을 얻기 위해서 하는 행위다. 약초에도 이 거름의 효능이 통용된다고 한다쳐도 얼마나 효과를 낼 수 있을까?

시독을 통해 제조한 거름의 효능에 대해 아직까지 아무런 체험도 해 보지 못한 왕정으로선 차라리 강해진 힘으로 사냥에 집중하는 게 더 나을 거라 여겨질 정도다.

─예끼! 이것만 하면 적어도 서너 배는 빠르게 자란다. 거기다 약초의 경우에는 영양분만 충분히 주면 의외로 잘 살아 남는 것들이 있지 않느냐?

"요는 제법 키우기 쉬운 것을 빠르거나 혹은 더 좋은 품질로 키워서 팔란 거군요?"

─그래. 그거다. 정히 안 되면 농사도 같이 지으면서 할 수 있는 거고. 이 지역은 농토가 워낙 없으니 작은 화전 농사는 관에서도 봐주지 않느냐?

"그거야 그렇지만……"

독존황의 말에 틀린 것은 없었다. 다만 자신으로서는 사냥꾼 일을 두고도 약초꾼 일을 해야 한다는 것에 괜한 거부 감이 들 뿐이었다.

그리고 거부감이 드는 가장 큰 이유는 바로 이거다.

"아무리 생각해도 큰돈이 벌릴 것 같지는 않은데요?"

─허허. 사냥꾼 일보다 못할 거 같아서?

"예. 솔직히 그래요."

—걱정 말고 이 할애비의 말만 믿고 따르거라. 네가 기르는 약초들은 네 자본 겸 재료가 될 거다.

"재료요?"

—그래! 단순하게 약초만 길러서야 어디 네가 원하는 돈을 벌 수 있겠느냐. 다른 것도 함께 해야지. 이 할애비가 생각해 놓은 바가 있으니 걱정하지 않아도 된다.

"흐음, 그렇게까지 말하신다면야. 당장에 시작하지요!"

그러고는 왕정은 바로 몸을 움직였다. 조금이라도 더 움직여 일을 제대로 처리하기 위함이었다.

약초꾼들이 기른다는 약초들 중에서 쉬운 것들을 기른다지만, 기른다는 행위 자체가 쉬운 일이 아니지 않는가.

'남들이 가지고 있는 비법이 있는 것도 아니니 남들만큼 하려면 꽤나 움직여야 하겠지?'

남들만큼 아니, 자신의 바람대로라면 남들 이상으로 하려면 더 빠르게 움직여야 했다. 그의 부지런한 몸놀림 속에서 조금씩이지만 약초밭이 만들어 지고 있었다.

"잘도 타네요."

—흘흘. 그렇구나.

시작은 불장난(?)이었다. 밭을 가지고 있었던 것이 아니니 약초밭을 얻기 위해서 화전을 한 것이다.

보통 이러한 화전은 관에서 잡아 가는 행위다. 산이라는 곳은 사용하기에 따라 많은 것을 주는 자연의 보고니까.

하지만 이곳 지역에서만큼은 크게 화전을 일으키지만 않으면 어느 정도는 넘어가 준다.

철광산을 제외하고는 가진 자원이라고는 거의 없는 곳인 데다가, 모든 양민들이 광산 일에만 매달릴 수는 없잖는가?

생존을 위해 광산 일 외에 다른 일로서 선택하는 것이 화전 다음으로 농업이었다. 먹고 살기 위한 양민들의 고육지책인 것이다.

때문에 너무 크게만 화전을 벌이지 않는다면 적당히 넘어가주는 것이 이곳 관의 관례였다.

밭도 뭣도 없는 왕정으로서는 다행인 일이기도 했다.

이 다음은?

"약초들 기르는 법을 배우는 것도 일이겠지요?"

—허허. 그게 어디 가르쳐 달라고 해서 가르쳐 줄 일이겠느냐. 남들 기르는 것을 보고 배워야지.

우습게도 약초 기르는 법에 대해서 연구를 좀 해야 했다.

살아 있을 시절 독에 대해서는 해박한 지식을 가지고 있는 독존황이지만, 기르는 것에는 영 꽝이었다.

그의 수하들이 그를 대신해서 독초를 키워주는 형편이었으니 알고 있는 것이 이상한 상황인 것이다.

때문에 왕정으로서도 그에게서 얻은 지식들 중에 독의 효능에 대한 지식은 많이 얻을 수 있었어도 재배법에 대해서는 아는 바가 없었다.

"에휴, 콩 훔칠 때부터 알아보긴 했지만, 할아버지는 실생활하고는 좀 멀게 사셨다니까요?"

—그럴 필요가 없지 않았느냐. 어서 가서 보고 오거라.

"예이."

남들이 키우는 것들을 키우는 것에서부터가 그 시작일 거다. 다음은? 시독을 이용한 거름을 곳곳에 뿌리는 것이 그 다음일 거고.

많은 시행착오가 예상되긴 하지만 독존황이 말한 큰돈을 벌기 위한 계획을 위해서라면 어차피 해야 할 일이다.

"어서 움직여야겠군."

그렇게 다른 이들이 키우는 작은 약초밭을 염탐하고 연구하는 것에서부터 그의 약초밭 만들기 두 번째가 이뤄졌다.

다음? 어렵사리 얻은 혹은 산으로부터 채취한 모종 키우기였다. 키워야 할 것들을 알았으니 이제는 정말로 심고 키우는 것이 시작된 것이다.

"아, 대체 왜 시드는 건지……."

기본적인 생활이야 가끔 나가는 사냥감을 통해 얻은 돈

으로도 충분했다. 허나 이왕지사 시작한 약초 생활이 아니었던가.

초기에는 이유도 모른 채로 죽어 나가는 약초들 때문에 꽤나 속을 썩인 왕정이었다. 하지만 정성이란 것은 언제나 통하는 것일까?

"우와아아아! 전에 비해서 좀 컸다고요! 조금!"

—그래 봐야 한 치도 안 되는 크기 아니더냐.

"그래도 자랐다는 게 중요하다고요. 우오오. 이렇게만 자라려무나."

조금씩이지만 약초밭에 성과가 나오기 시작했다. 이유를 모른 채로 죽어만 가는 것이 아니라 자라기 시작한 것이다.

그리고 그때부터 시간이라는 것이 느리지만 꾸준하게 흘러가기 시작했다.

*   *   *

남는 시간에는 독공 수련과 사냥. 그 외의 시간에는 약초를 기르는 것에 매달리며 지낸 지가 어느 덧 일 년이다.

절정의 깨달음은 여전히 얻지 못했으나 단전에는 독공으로 얻은 독단이 만들어져 있었고, 권법 수련도 이제는 경지에 올랐다 자부할 수 있을 정도였다.

지난 수련으로 전에 비해서 많이 강해지고 또한 단련되어져 있는 것이다. 그리고. 그의 발전은 단순히 무공에만 있지 않았다.

"이거 첫 수확이라고 해야겠는데요? 후후."

—그래. 전에 했던 바곳 독, 콩 같은 것은 네가 필요로 하는 것을 얻으려 했던 거니, 이게 첫 수확이라고도 할 수 있겠구나.

그가 웃으면서 바라보고 있는 것.

그것은 자신이 화전으로 밭을 만들고, 시독을 통해서 얻은 거름을 잔뜩 뿌려 놓았던 약초밭이었다.

콩, 바곳 꽃, 하수오, 지치, 잔대 등. 꽤나 많은 종류들이 그의 밭에서 자라고 있었다.

"실험적으로 하다 보니 종류만 많아진 거 같네요. 밭은 작은데 말이죠."

—다 재산이라고 생각하거라. 실제로 하수오만 하더라도 그 품질이 좋지 않느냐?

"흐흐. 그건 그렇죠."

저게 다 돈이다. 자신이 지금껏 꽤 많은 시행착오를 겪어가면서 얻은 것들이기도 했고 경험의 산물들이기도 했다.

이제는 그러한 것들을 수확할 때가 온 것이다.

오래 묵으면 묵을수록 좋은 것이 약초라지만 자신으로서

는 약초를 기르는 것 외에도 해야 할 일이 있었으니까.

　재료를 얻었으니 이제 다음은.

"가공이지! 가공!"

─허허. 신이 났구나.

이제는 빠르게 다음 단계로 가야 할 참이다.

第十一章

독공만능(毒功萬能)?

"그나저나 저 약은 만들 줄 모르는데요?"

독존황은 자신이 살아생전 시독을 이용한 거름을 만들어냈었다.

다른 거름들에 비해 발효를 위한 시간도 거의 들어가지 않을뿐더러, 그 성능도 뛰어난 게 그의 거름이었다.

왕정은 여기서 한발 더 나아가 거름을 이용해 밭을 만들고, 거기에드는 것을 더해 가공까지 하기로 했다.

자신의 밭에서 생산된 약초와 독초들을 이용한 약을 만들기로 작정을 한 것이다.

그런데 문제는 역시, 그가 약학에 관련 된 지식이 없다는 거다.

모자라거나 없는 재료야 급한 대로 약초밭의 약초들을 판 돈으로 다시 사면 된다고 하더라도 무슨 지식이 있어야 약을 만들 것이 아닌가!?

―허허. 간단하다. 간단해.

그럼에도 독존황은 자신이 넘쳐 보였다.

독공에는 자신만만해도 약학에는 대가라고 할 수 없는 독존황으로서도 무슨 수가 있는 듯했다.

지금까지 자신에게 거짓말을 한 적이 별로 없는 독존황이 아니던가. 그렇기에 왕정은 호기심과 그에 대한 믿음을 함께 발산하며 물었다.

"대체 그 방법이 뭔데요?"

―결론은 독공이다! 독공을 이용하면 약도 만들 수 있지!

아아.

아무리 만류귀종이란 말이 있지만 이제 절정으로 들어선 왕정이다. 그것도 깨달음도 없이 어거지로 만든 절정이다.

그런데 그 독공을 이용하면 약도 만들 수 있다고?

할아버지인 독존황을 믿는 왕정으로서도 어이가 없을 정도의 말이다. 정말 독존황의 독공만능론에는 끝이 없는 것인가?

'이번에는 대체 또 어떤 괴이한 이론을 만들려고…….'

왕정은 들어라도 보자는 생각에 독존황에게 물었다. 정약을 만들어 내지 못하면 키운 약초라도 팔아서 돈을 벌면 된다고 생각하고 말이다.

　'약을 만드는 것보다는 덜 버는 게 아쉽기는 해도.'

　그래도 확실한 방법이 있으니까 그나마 다행이다.

　—흐음, 눈치로 보아 또 믿음이 부족하누먼?

　"뭐, 하루 이틀이어야 말이지요. 이번에 절정 못 됐으면 죽을 뻔했잖아요? 그러니 일단 제.대.로. 설명을 들어보고 움직여야지요. 뭐든 조심해서 나쁠 것은 없잖아요?"

　—허험, 그거야 잘 해결됐지 않느냐.

　독공의 부작용에 관련된 부분에서 만큼은 자신도 찔리는 것이 있는지라 독존황으로는 약하게 나갈 수밖에 없었다.

　어쨌거나 설명을 하는 것이 서로 간에 믿음을 가질 가장 좋은 지름길이었다.

　—독공이라는 것은 본디 상대에게 해를 가하기 위한 무공이다.

　"그렇지요. 부식시키는 시독에서부터 시작해서, 마비 시키는 마비 독에, 신경을 괴롭혀 고통을 주는 신경 독까지, 거기다 제가 익히진 못했지만 고독이란 것도 있다지요?"

　—그래. 그게 독공의 본래 효과지. 하지만 이것을 조금만 역이용하거나 혹은 필요한 정도로만 활용하면 약이 될

수 있음이야.

활용하기에 따라 다르다는 건가? 대체 어떻게 해야만 다르다는 걸까?

왕정으로서는 독이 약이 된다는 소리는 알고 있기는 했지만, 독공을 이용해서도 약을 만들 수 있다는 것은 역시 감이 잡히지 않았다.

하지만 독존황의 설명이 계속 이어지자그의 설명이 무얼 의미하는지를 제대로 알 수 있었다.

—예를 들어 이런 것이다. 고통을 호소하는 자는 왜 계속 고통을 호소하겠느냐?

"아프니까요?"

—그래. 간단한 이야기다. 그럼 고통을 호소하는 자의 고통을 마비시키면 어떻게 되겠느냐?

"뭐, 고통이 없어지는 거니까 좋은 거겠지요? 아아, 그런 거군요? 호오……."

이쯤 설명했는데도 이해를 못하면 차라리 나가 죽어야 한다. 원래 하던 사냥꾼일이나 하든가.

몸을 활용하는 것이 무공이라지만 그 경지가 위로 올라갈수록 머리를 필요로 하는 것이 또 무공이기 때문이다.

특히 독공의 경우 초기에는 강함을 보여도 후에 경지가 올라가서는 독이 잘 통하지 않는 고수들과 다퉈야 하지 않던가.

때문에라도 전투에 관한 기본적인 머리가 있지 않고서야 익히기 힘든 것이 독공이었다.

—흘흘. 다행히 이해하는 머리는 있구나?

"무시하지 말라고요. 요는 사용하기에 따라 다르니까 마비 성분을 독공으로 뿌린 약을 이용하면 진통제가 만들어진다는 거잖아요?"

—맞다! 거기다 독을 흡수하는 성질을 띤 네 내단의 공력을 약에 조금 집어넣으면 해독제로도 쓸 수 있다.

"오호, 그거 아주 좋은데요?"

—그래. 독을 흡수하는 데 특화된 네 내공의 성질을 이용하는 거지! 대충 만들어도 약한 종류의 독들은 쉽게 흡수하는 걸 만들 수 있을 거다.

"그럼 신경 써서 만들면요?"

—백독에 무해하다는 백해단(百害團)도 만들 수 있겠지! 모르긴 몰라도 나중에 네 경지가 오르면 피독주도 만들 수 있을 거다.

"오오⋯⋯."

피독주라니!? 독이 통하지 않게 하는 물건이 피독주가 아닌가.

무림과 관련이 없던 사냥꾼 시절에도 들었던 것이 피독

주란 물건이다. 제대로 된 피독주 하나면 저택도 살 수 있다 들었다.

'독공이란 거 아주 쓸 만할지도……'

독공의 위력보다는 독공을 통한 돈벌이라는 부분에 만족을 표하는 왕정이었다. 언제나 돈을 밝히는 그다움이랄까.

어쨌거나 꽤나 그 활용도가 높은 것이 독공이었다.

─물론 피독주를 너무 풀면 독공을 사용하는 자들에게는 좋지 못할 수도 있을 게다. 아무래도 독이 통하지 않게 되는 거 아니냐. 너에게는 상관없겠지만.

"그렇지요. 제 내공을 이용한 피독주를 팔아넘겼어도, 여차해서 제가 만든 피독주를 가진 무사와 싸우게 되면, 흐흐."

─사악하긴.

뒷말은 말하지 않아도 알지 않는가.

내공이란 것은 본디부터 내공을 가지고 있던 주인을 따라가는 법이다. 고로 그가 만든 피독주를 믿고 누군가 독공을 익힌 자신에게 달려든다면?

피독주에 담겨 있는 자신의 내공을 다시 흡수하면 될 일이다. 그렇게 되면 없던 내공도 보충할 수 있는 효과가 생길지도 모른다.

다른 무공이라면 이러한 공능이 거의 없을 테지만, 독을 흡수하여 경지를 높이는 독공과 같은 무공에는 가능한 공능이다!

'생각할수록 사기야. 암! 사기지!'

팔아먹어서 돈은 돈대로 벌고, 자신에게는 유리함까지 안겨주는 공능이라니! 이만큼 남는 장사는 고금에 찾기도 힘들 것이다.

얼굴 가득 '만족'이라고 써 놓은 왕정이 오랜만에 함박웃음을 지으며 독존황에게 요청했다.

"흐흐. 어서 만들자구요. 잘 부탁드려요, 할아버지."

―허험. 이거 원. 네놈 때문에 독공의 고수들이 피해를 받을지도 모르겠구나. 어쨌거나 한번 만들어 보자!

"예이!"

돈이다. 돈.

왕정의 머릿속에서는 오직 돈이라는 글자만이 떠다니며 그의 움직임을 부추기고 있었다.

* * *

시작은 간단한 것부터다.

시작이 반이란 말도 있지만, 역시 경험이 없는 초기에는 쉬운 것부터 차곡차곡 실력을 쌓음이 좋기 때문이다.

—바곳 독은 본래부터 약으로도 쓰이지 않느냐. 그것부터 하자.

"예. 쉽겠죠?"

—물론. 본래 바곳 독을 약으로도 쓰면서도 쉬이 조제하지 못하는 이유는 그 독성이 너무 강하기 때문이다. 잘못 만들다가는 진통제로 만들려다 상대를 마비시키는 독약이 만들어지니까.

"그렇지요."

마비의 성분이 강한 것이 바곳 꽃에서 나오는 독이다. 이것은 쉽게 구할 수 있는 주제에 생각 이상으로 독성이 강하다.

그 독을 잘 이용해서 고통을 마비시키는 진통제로 활용되기도 하지만 역시 어지간한 약제사가 아니고서야 조제 자체가 힘들다.

이유는 당연히 강한 독성 때문. 독성의 조절이 힘들기 때문에 조제 자체가 힘든 것이다.

'하지만 나는 다르지.'

독공을 익힘으로써 독 그 자체를 느낄 수 있게 된 왕정이다.

특히나 요즘에 들어선 절정에 오르고 단전의 자리에 독단을 만들게 되자 눈에 그린 듯이 훤하게 느끼기까지 한다.

몸에 독 그 자체를 가지고 있음으로써, 독사나 독충들과 같이 독을 느끼는 감각 같은 것이 열리게 된 것이다.

그런 감각을 이용하게 되면 그 누구보다 쉬이 약에 들어갈 독의 양을 조절할 수 있게 된다.

약이 잘 만들어 졌는지에 대한 체감은 자신이 직접 몸으로 실험을 하면 될 일이고.

약을 먹을 때는 독을 흡수하는 독공의 공능을 잠시 막아 두고 약이 제대로 먹히는지 보면 되는 것이다.

"자아, 한번 시작해 보자고요."

빠아악. 빠악.

미리 만들어 놓은 조제 도구로 약을 빻는 그다. 처음 하는 조제지만 광물 독을 만들 때 정제를 하던 경험이 있어선지 생각보다 능숙해 보인다.

순식간에 바곳 독을 가루로 만들고는 물과 함께 가루를 섞는다.

보통은 독성을 조절하기 위해서 바곳 꽃을 약탕기에 넣고 조린다거나 하지만 왕정의 경우에는 그럴 필요가 없었다.

아이들 소꿉놀이 하듯 쉽게 만드는 듯하지만 역시 독공이 있어 가능한 일이다.

"모양은 제법 그럴듯한데요? 흐흐."

—모양이 제대로 됐다고 약이 되면 누구나 다 약방을 차렸을 거다.

"그거야 그렇지요. 어쨌거나 자아, 독력을 느껴 볼까요."

안 그래도 장난삼아 만든 둥그런 환단에서 독이 느껴졌다.

자신의 몸에 있는 독에 비하면 새 발의 피 같은 독이지만 보통 사람이 먹으면 몸이 마비되어 죽을지도 모를 양이다.

스으으으으.

그가 독을 흡수하는 독단의 공능을 이용하여 약이 될 단환의 독을 흡수하기 시작했다.

여기까지는 생각보다 쉬운 과정이었다. 하지만 문제는!

—그만!

"아, 이런……."

단환의 독을 순식간에 전부 흡수해 버렸다! 약이 될 만큼의 마비 성분을 남겨 놓아야 했음에도 불구하고!

—역시 생각보다 쉬운 일은 없구나. 이 할애비라면 한 번에 했을 텐데 말이다.

"쳇…… 할아버지야 살아생전에 천재셨잖아요. 그나저나 좀 어렵게 됐는데요?"

—크흠, 경험 부족의 폐해가 여기서 나올 줄은 이 할애비

도 몰랐다.

이는 사실 경험의 부족에서 나오는 일이다. 쉽게 말해 내공의 수발을 자유로이 하지 못하기 때문에 일어난 일!

왕정은 겪어 본 실전도 많지 않을뿐더러, 절정이라는 경지도 깨달음이 아닌 독력에 의하여 강제로 올라간 경우다.

때문에 자신의 몸에 있는 독정을 자신의 마음대로 조절하기가 아직은 힘이 든다. 자신의 힘이라 하더라도 조절에 관해서는 미숙하기 때문이다.

이는 앞으로 강호 경험을 하고, 독공을 익히다 보면 자연스럽게 상승할 부분이기도 했다. 여느 무인들이라면 누구나 오랜 경험을 통해서 내공의 수발을 연습하고는 하니까.

사실 무공의 수련 중에서 중요한 비중을 차지하는 것이 내공의 수발이기도 하기 때문에 오랜 시간이 걸리기도 하고 말이다.

문제는 당장에 왕정의 상황이다.

그가 약을 만들기 위해서는 독정의 독을 흡수하는 공능 자체를 잘 조절할 수 있어야 한다. 다른 무인들이 내공의 수발을 자유로이 하듯 말이다.

하지만 현재로서의 그는 경험이 많은 것도, 무공에 관해서 천재적인 재능을 가진 것도 아니지 않은가.

당연히 다른 무인들과 비슷하게 자신의 몸에 있는 내공

의 수발을 조절할 수 있는 능력이 보통일 수밖에 없었다.

경험 없이 쉽게 내공 수발을 자유로이 하는 것은 독존황 같은 천재들이나 가능한 일이니까.

잠시 한숨을 내쉬던 독존황이 이내 다시 입을 열어 말했다.

—한 숟갈에 배부르랴. 이참에 내공 수발 실험도 할 겸 잘해 보도록 하자꾸나.

"예이. 뭐 어쩔 수 없죠. 역시 쉽게 돈 버는 건 힘드네요."

—허허. 어차피 해야 할 일이었느니라. 자자, 어서 연습해 보도록 하자꾸나. 위험 없이 성장할 좋은 기회이지 않느냐. 실전도 없느니라.

"아아. 실전이 없는 거야 좋긴 하지만, 쳇. 좋다가 말았네요. 역시 세상은 쉽게 돈 벌기 힘든 더러운 곳이에요!"

이상한 곳에서 더러움을 찾는 왕정이었다. 어쨌거나 수련도 하고 돈도 벌 겸 그의 수련이 새로이 시작되었다.

다음 과제는 자유로운 내공 수발인 것이다!

*   *   *

"으흠……."

그날부터 고난의 시작이었다.

어쩌면 왕정으로서는 처음으로 무인다운 수련을 하는 걸지도 모르겠다. 그동안은 억지스러운 방법으로 익힌 면이 강했으니까.

말이야 바른 말이지 독초를 먹어서 기감을 얻게 된다거나, 내공 이상의 독을 먹어 도박식의 실전(?)을 겪는 자는 그밖에 없을 것이다.

그래도 덕분에 무공을 익힌 기간이 짧음에도 절정에 이르는 경지에 올랐으니 성과는 있다고 할 수 있겠다.

무림인들 중에서 절정의 경지라 함은 고수라고 불리는 경지의 시작점에 들어서게 된 것이니까.

평생을 절정에 오르지 못한 채로 보내는 오 할 이상의 무림인들을 생각하면 괄목상대한 것이라 할 만했다.

문제는 차분하게 단계를 밟고 올라 선 다른 무인들에 비해서 내공의 수발을 자유로이 하지 못한다는 부분일까?

―흠, 너무 빨리 무공을 익혀버렸어. 기형적인 성장인 거지.

"기형적이요?"

―그래. 차분하게 익혔더라면 좀 더 나았을지도 모른다. 단계별로 배우는 것은 느려도 기초가 튼튼하다는 이야기니까.

"그래도 죽지 않으려면 어쩔 수 없었잖아요. 어쨌거나 쉽지는 않네요."

환단으로 된 약을 만드는 것은 금방이다. 가루를 내고 어린이 소꿉장난 하듯이 만들면 그게 곳 약의 모양이니까.

'문제는 독을 빨아들이는 것이 쉽지 않다는 것에 있으니……'

조금만 빨아들여야 하는데도 불구하고 다 빨아들여버리는 것이 보통이다. 조금 힘을 빼고 빨아들이면 너무 조금 빨아들여서 문제고.

조금, 조금씩 빨아들이면 되지 않느냐고 말할 수도 있지만 그것마저도 쉽지 않다.

어떤 때는 많이, 또 어떤 때는 적게 되어 버리니 이것은 의지의 문제가 아니라 흡수 그 자체, 내공 수발의 문제인 것이다.

"으으으……"

몸으로 때우는 거면 차라리 몸으로 때울 텐데 이것은 그도 아니니 왕정의 신음 속에서 하루, 하루 나날들만 지나가고 있었다.

*   *   *

그렇게 얼마나 되는 시간이 지나갔을까?

열흘째에는 스물에 한 번이 가능했다. 그것도 순전히 우연이었다. 다시 시도를 하면 바로 실패를 하니 진정한 성공이라고 할 수 없는 수준인 셈!

다시 스무날이 지나가 약초들이 무럭무럭 자라날 시점에서는 열 번 시도에 한 번은 가능해졌다.

빠른 성장이라고 할 수도 있겠지만 그가 이것을 위해 매일 같이 단약을 만들고 수련을 반복했던 것을 가늠하면 빠른 성장도 아니다.

연습용으로 만든 것들을 더해 수백, 수천 번을 반복해 가면서 내공 수발을 연습했었던 것이니까.

거기다 일 할의 성공률이지 않는가.

—적어도 육 할은 성공해야 돈이 될 거다. 내공이야 독을 흡수하니 금방 늘겠지만 말이다.

"그나마 내공이라도 느니까 이런 노가다를 하지요. 정말 쉽지는 않네요."

—허허. 원래 들어갈수록 깊디깊은 세계가 무공의 수련이다. 다시 수련해 보자꾸나.

"예!"

스무날에서부터는 희망이 보여서일까? 일 할이지만 전에 비해 두 배의 성공률을 보여서 일까?

전에 비해서는 희망적으로 수련을 시작하는 왕정이었다. 할 수 있다는 믿음이 생기니 없던 힘도 나는 것이다.

그리고 그러한 희망적인 태도는 실제 수련에서도 좋은 결과로 나타났다.

딱 삼십 일하고도 한 달 째가 되었을 때!

"으아아아! 드디어!"

—흘흘. 이제 오 할은 되는구나!

두 번에 한 번은 성공하는 오 할의 성공률을 가지게 되었다. 아직까지도 높은 실수율을 기록하긴 하지만 처음 열흘째의 성공률을 생각하면 분명한 성장이다!

게다가 내공 수발 수련을 하면서 내공도 꽤나 늘어난 그가 아니던가. 한 달 동안 그가 보인 성장은 분명 낮은 성장률은 아니었다.

"이제 조금만 더 하면 될 거 같은데요?"

—흘흘. 과연 그런지는 두고 보아야지.

"에? 이제 일 할의 성공률만 올리면 되는 거라고요."

얼핏 보기에는 왕정의 말이 맞아 보였다.

오 할의 성공률을 만드는 것보다는 일 할의 성공률을 높이는 것이 쉬워 보일 수도 잇는 일이니까.

하지만 역시 무공에 관해서만큼은 독존황의 말이 가장 옳은 말일 것일까? 오 할에서부터는 생각보다 쉬이 성공률을 올리지 못하게 된 왕정이었다.

"대체 왜 이런 걸까요?"

—본디 수박 겉핥기식의 수련보다는, 깊이 있게 수련했을 때 느린 법이니라.

"그거야 알지만⋯⋯."

—지금의 수련도 마찬가지가 아니더냐. 두 번 중 한 번 내공 수발을 원하는 대로 한 것은 이제 기본을 갖췄다고 할 수 있는 것이다. 한 달 만에 이러한 성과가 나온 것이 느린 것은 아니지만 그래도 아직 가야할 일이 멀지 않았더냐.

"흐음, 이거 초반에 성장할 때와는 다르니 조금 힘이 빠지긴 하네요."

—그래도 느린 것은 아니니라. 게다가 너는 실패를 해도 독을 흡수하니 내공이 늘어나지 않느냐? 네 말대로라면 남는 장사니까 어서 수련을 더 하도록 하자꾸나.

'남는 장사'라는 말에 힘이 난 것일까.

"예! 해봐야죠!"

왕정은 다시금 힘을 내서 수련에 힘을 쏟기 시작했다. 어떻게든 성공률을 높이겠다는 의지가 보일 정도였다.

그렇게 다시 한 달의 시간이 흘렀을 때.

"으어어어어!"

이상한 괴성을 내지르면서 자신의 성장에 기뻐하는 그였

다. 드디어 꿈에 그리던 육 할의 성공률을 그리게 된 것이다.

다른 절정 고수들에 비해서는 부족한 내공 수발 능력일 수도 있으나, 왕정으로서는 만족스러운 수준이었다!

—허허. 축하하느니라.

약간이지만 시간이 더 걸릴 수도 있겠다 생각했던 독존황으로서도 축하를 해 줄 정도. 더 성공률을 높이는 것도 좋겠지만 그거야 앞으로 경험을 쌓다 보면 올라가지 않겠는가? 지금 당장에 중요한 것은 약을 생산해도 돈을 벌 정도의 기준점을 넘겼다는 것이었다.

"이제 돈 좀 만져보자고요!"

수련 뒤에 시작하는 생산이었다.

第十二章

판로 개척

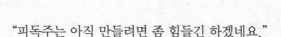

"피독주는 아직 만들려면 좀 힘들긴 하겠네요."

─그건 적어도 팔 성에는 올라야 가능할 거다. 아무리 내가 옆에서 요령을 가르쳐도 힘든 일이지.

"흐음…… 막상 팔 할이 돼서도 많은 수련을 해야겠지요?"

─물론이다. 그때는 내공 수발에 더불어서 독정을 외부에 만드는 것도 병행해야 하니까. 수준이 다르다고 할 수 있지.

"켁, 단전의 독을 정화시키는 것도 힘든 일이었다고요."

독정을 외부에 만들어야 하다니. 말이 쉬운 일이지 단전을 독정화 시키는 일도 육성의 경지에 올라서야 할 수 있는 일이었다.

무려 절정에 이르러서야!

그런 것을 몸 내부도 아니고 외부에 만들라고? 말이 쉬워 외부에 만드는 거지 실제로 하려면 어려울 것이 분명하다.

아직 만들 시도도 해보지 않은 왕정이었지만, 피독주를 만드는 것에 대해서는 벌써부터 진절머리가 날 정도였다.

"으으, 그런 건, 나중에 쉽게 할 수 있을 때에나 해야겠네요."

―허허. 다 때가 되면 하게 되겠지. 어쨌거나 이미 만든 것들부터 처리해야 하지 않겠느냐?

"그거야 그렇지요. 흐음, 수련에 재미가 들려서 많이 만들기는 했는데 역시 판로가 문제네요."

백 개의 독을 해독한다 하는 백해단만 하더라도 수백 알이다. 열 개의 독을 해독한다는 십해단의 경우에는 천여 개에 가까울 정도다.

내공 수발을 하여 독기를 조절하는 부분을 제외하고는 만드는 것 자체가 어렵지 않으니 가능한 숫자다.

재료만 충분하다면 하루 종일 수백 개도 만들 수 있는 것이 해독제들이니까.

다른 약제사가 본다면 말도 안 되는 소리라고 하겠지만, 왕정이니까 되는 거다. 그는 독기를 조절하기 위해 약을 조린다거나, 재료를 다듬을 필요도 없었으니까.

그냥 가루로 만들어서 약에 필요한 정도의 독기만 남게 만들면 되는 것이다.

"으아아, 십해단, 백해단도 그렇지만, 비곳 독으로 만든 진통약은 또 어쩌죠? 약으로만 한 보따리네요, 정말."

—이제는 정말 팔아야 할 때가 온 게지. 그래야 새로운 독도 익히고 하지 않겠느냐?

"그렇지요……."

육성의 경지에서부터는 돈이 좀 들 때가 있다. 항상 그런 것은 아니고 몇몇 특별한 독물들을 흡수하기 위해서 필요한 돈 정도다.

단전의 위치에 자리한 독정에 독의 종류를 더하면 더해 줄수록 그 위력이 강해지기에 이는 어쩔 수 없는 지출인 셈이다.

"으흠…… 판로. 판로라……."

문제는 이 해독제들을 팔 수 있을 판로다.

진통제야 거래를 하고 있던 마을의 약재상에만 가져가도 제값을 받겠지만, 해독제들이 어디 그러하겠는가.

약효를 증명하는 것도 힘든 일일뿐더러, 제대로 된 값을 받으려면 일반 양민들을 상대로는 쉬운 일이 아니다.

실제 양민들 중에서 독에 당할 만한 자들이 많은 것도 아니고.

"아무래도 독에 중독되는 경우는 무림인이 가장 많겠지요?"

─그렇지. 사천당가에서부터 시작해서, 운남만 하더라도 독을 사용하는 문파들도 제법 수가 되니까.

"그럼, 역시 무림인들에 파는 게 답이겠네요."

─그거야 그렇다만⋯⋯.

누가 과연 왕정을 믿고 해독단을 사겠는가. 이러한 일도 어느 정도는 믿음이 있어야 가능한 일이다.

"에에, 역시 도움을 좀 받아야 할지도 모르겠네요."

─이화 그 아이에게 말이냐?

"예. 슬슬 다음 번 서찰이 올 때이니 기다려 보자고요."

무림맹에서 일을 하고 있다는 이화.

그녀는 무림맹에서도 꽤나 중요한 위치에 있는 것인지 많은 임무들을 수행하고 있었다.

그가 이곳에 자리를 잡아 때때로 광부 일도 하면서 약초밭을 꾸리고 있는 동안에도 이곳저곳을 다니는 듯했으니까.

이러한 사실들을 어찌 아냐고? 이화가 주기적으로 왕정

에게 서찰을 보내 주는 덕분이다.

그녀는 동행 기간이 그리 길지 않았는데도 왕정이 마음에 들었는지 일 년이 지난 지금까지도 그에게 정기적으로 서찰을 보내고 있었다.

"다 저한테 마음이 있는 거라니까요?"

—독을 사용하는 녀석이니 신경이 쓰이는 거겠지. 마음은 무슨……

"쳇……."

왕정은 묘한 착각을, 독존황은 상황에 맞는 추측을 하고 있는 상황. 어쨌거나 그런 정기 서찰이 곧 있으면 올 때가 됐다.

"전에는 멀리 사천에까지 갔었다고 했었지요?"

—그래. 안 그래도 그곳에는 많은 정도문파들이 있는데 무슨 일이 있긴 있는 듯하구나.

"에이 뭐, 무림인들 일이야 아직은 잘 모르겠고. 어서 서찰이나 오면 좋겠네요. 흐흐. 쌓였으니 팔아야지요."

이화의 정기 서찰을 기다리면서 특유의 웃음을 짓는 왕정이었다.

*   *   *

"헤에, 여전하네?"

그녀다. 조용한 성격을 가진 이화와는 달리 천방지축인 성격의 그녀. 아름다움만큼은 이화에 비견되지만 그 외에 부분에서는 이화와 전혀 다른 그녀다.

또한 이화 덕분에 강제적으로라도 친분을 쌓게 된 여인이기도 하고.

"오오. 드디어!"

"평상시와는 전혀 다른 반가움인데?"

눈치 하나는 기가 막히게 빠르기도 하다.

그녀의 이름은 철아영. 이름만큼이나 귀여운 모습을 하고 있는 그녀는 이화의 친구이자 정기적으로 서찰을 전해 주는 여인이다.

이화와 함께 일을 하고 있다고 말을 하는데, 매일같이 임무로 많은 곳을 다니는 이화와는 달리 꽤나 한가해 보이기는 그녀이기도 했다.

"헹. 이번에는 정말 중요한 일이 있거든요."

"중요한 일?"

"흐흐. 어서 서찰이나 줘요."

아영의 말은 무시하고 서찰부터 달라 보채는 왕정이다. 그런 왕정의 태도에 짐짓 서운했는지 아영이 궁시렁댄다.

"쳇, 이런 녀석이 뭐가 좋다고. 받기나 해!"

"괜히 소리지르기는요."

왕정도 질 수 없다는 듯이 작게 핀잔을 하고서는 이화가
썼을 것이 분명한 서찰을 열어보았다.

"으흠, 오오. 으음……."

그는 얼핏 약간이지만 흥분까지 해가면서 서찰을 읽어가
기 시작했다.

약을 팔기 위해서는 이화의 도움이 필요하다는 생각이
있었기에 평상시보다도 더욱 열심히 읽고 있을 정도였다.

'으으. 무려 감숙성이라니…….'

서찰에서 그녀가 말하는 곳은 무려 감숙성이었다. 굉장
히 멀디먼 곳. 구파일방 중 하나인 공동파가 있는 곳이기도
한 그 감숙이란다.

"대체 왜 이렇게까지 멀리갔대요?"

"무림맹에서 일을 주니 갈 수밖에 없지."

"쳇, 그쪽은 매일 무림맹에 있잖아요."

"어허. 나도 다 하는 일이 있다고."

"흥, 그쪽이 대신 갔으면 이번에 이화를 쉽게 볼 수 있을
참이었는데. 에이. 가려면 꽤나 힘들겠네요."

"너어! 자꾸 그렇게 하면 서찰도 안 준…… 어? 그나저
나 이화를 보러 가려고?"

젊은 녀석이 은거라도 하는 듯 매일같이 광산 마을에만

꽈리를 틀고 있던 왕정이었다.

그런 그에게 흥미가 생겨 서찰을 핑계로 왕정을 찾아 왔었던 이화고.

그런 왕정이 직접 몸을 움직여 이화가 있는 감숙성에게까지 가겠다고 하는데 이화로서는 놀라는 것이 당연했다.

"예. 이번에 팔 게 있어서요."

"뭘 파는데?"

호기심 많은 자신의 성격을 굳이 감출 필요는 없었기에 이화가 물었다. 왕정으로서도 감출 필요는 없었다.

"백해단요. 십해단하고……."

"헤에? 독공의 고수라더니 그런 것도 만들 수 있는 거야? 하기야 사천당문도 독과 함께 해독도 잘하지."

사천당문의 경우에는 해약이 없는 독은 쓰지 않는다. 그렇기에 독을 사용하면서도 정도 문파로 불릴 수 있는 거고.

왕정의 경우에는 그러한 부분까지는 생각하지 않지만, 어쨌거나 그가 해독단을 만들 수 있는 것은 보통 일이 아니긴 했다.

말이 백해단이지, 백 가지의 독을 해독한다는 백해단을 만든다는 것도 쉬운 일은 아니기 때문이다.

왕정이야 내공 수발 연습만으로 쉽게 만들었지만, 다른 약제사들은 몇 년, 몇십 년은 배워야 가능한 것이 해독단의 생산이다.

그런 것을 더미째로 가리키며 말하는 왕정이었으니 아영이 놀라는 것도 이해는 할 만했다.

"근데 왜 해독단을 파는 데 이화가 필요해?"

"아는 무인이 이화밖에 없잖아요."

"너어⋯⋯."

자신은 무림인도 아니란 말인가? 이 서찰을 전해 주기 위해서 경공을 쓰고 달려왔는데!? 자신이 쓰는 경공은 그냥 달리기라도 된단 말인가!

가만 보면 속 뒤집는 게 취미인 듯한 왕정이다. 독존황도 그러하고 이화를 제외하고는 그와 관련돼서 속 뒤집히는 자들이 꽤 많지 않은가.

여기 철아영도 하나 추가다.

'무공 익힌 지도 얼마 안 됐다더니, 경지만 높아져서는⋯⋯ 역시 천재들이란.'

왕정이 천재일지도 모른다는 약간의 오해가 들어 있긴 하지만, 그 밖의 다른 부분들은 전부 사실이었다.

문제는 무림인인 자신을 두고도 이화를 찾는 왕정이었다.

'내가 알려 주면 편히 하겠지만, 어디 한번 얼마나 잘하는지 보자고.'

아영은 자신이 무림인이라는 것을 자각시켜 주기보다는 어떻게 거래를 하는지나 지켜보기로 마음먹었다.

자신을 무인으로 취급도 안 해주는데 어디 한번 하는 꼬락서니를 보자는 마음가짐인 게다. 그녀가 장난스레 말한다.

"헤에, 같이 가줄까?"

"그럴 수 있어요?"

분명 노림수가 있어서 말하는 것임에도 불구하고 왕정은 그대로 낚이고 있었다. 이런 부분에서는 이상하리만치 눈치가 없는 왕정이다.

그저 초행으로 감숙성까지 가야 하는데 도와주겠다니 얼씨구나 좋다 하는 태도다.

─쯧…….

독존황은 뒤늦게라도 상황을 눈치챈 듯하지만 짐짓 가만있었다. 자신의 손주가 된 왕정이 많은 경험을 쌓아야 한다고 생각해서 잠자코 있는 듯했다.

여러 가지 부분에서 부족한 점이 있긴 한 왕정이니까. 절정의 경지에 올랐어도 무림인으로서는 아직인 거다.

"그럼 당장 내일 출발해야 하는데 그때까지 짐 가지고 올 거예요?"

"응!"

아영의 뒤에서 꼬리 아홉 개가 살랑대고 있었다.

*   *   *

"으차아, 이거 정들었었는데 이제 떠난다니 어색하네
요."

—무인으로 살다 보면 터를 잡기 더 힘들 거다.

"그러려나요?"

예전처럼 완강하게 무림인을 하지 않겠다고는 안 하는
왕정이다. 내심 어쩔 수 없이 무인의 길을 걸을 수밖에 없
는 운명이라는 것을 직감하고 있는 듯했다.

—그래. 문파에 속하지 않는 한은 떠도는 것이 무인이
지. 한 곳에 자리를 잡다 보면 얽히게 되는 것이 많아지기
마련이니까.

"흐음, 은원에 얽히기 싫어 떠돌아다니면서도 무림을 계
속 다닌다라……."

그만큼이나 무림이 매력적인 건가? 절정이라는 경지에
올랐지만 아직까지 무림의 매력에는 반하지 못한 왕정이었
다.

있다면 단 한 번, 무인으로서 생사를 결한 실전을 벌였던
사혈련 무인과의 결투에서 있었던 경험뿐이리라.

그때의 그 부딪침, 서로 간에 모든 것을 걸고 생사를 가르던 그 경험은 분명 짜릿했다.

'살아남아서 그런 것일지도 모르겠지만…….'

어쨌거나 그는 죽었고, 자신은 살아서 이 두 대지에 두 다리를 딛고 서 있다.

어쩌면 그런 생사의 갈림이 무림인들이 가지는 중독이자 무림의 매력일는지도 모르겠다. 신분에 상관없이 오직 실력의 고하만으로 모든 것을 거는 곳이니까.

'괜히 감상적이게만 됐네…….'

일 년을 넘게 머무르던 곳. 화전까지 해서 밭을 경작하기까지 했던 곳을 떠나려니 이런 감정이 드는 듯했다.

챙길 것은 다 챙겨서 이제는 쓸 만한 약초 하나 없지만, 자신이 가꾼 곳이니까.

"언젠가는 이곳에 돌아올지도 모르지요."

"헤에? 또 혼자 중얼 거리는 거야? 다른 사람이 보면 미친 줄 알거라고."

어느새인가 아영이 그에게 다가왔다. 그녀도 이화와 같은 나이로 알고 있는데 절정의 경지다.

독존황의 말대로라면 그 실력만큼이나 많은 지원을 받았을 테니, 그녀 또한 명가의 자식이 분명할 거고.

이상하리만치 걸리는 무림의 여자마다 명가의 자식인 것

이 웃기는 이야기지만 어쨌거나 그렇다.

"안 미쳤어요! 준비는 다 한 거예요?"

"물론!"

"그럼 움직여보자고요. 감숙성까지 가려면 발품 좀 팔아야 하잖아요."

그가 있는 곳은 하북성의 남쪽. 이곳에서부터 감숙성까지 가려면 그의 말대로 꽤나 긴 여정을 거쳐야 했다.

하남에서부터 시작을 하여 섬서성을 지나 감숙성에까지 이르러야 하니까.

아영이야 이미 경험이 있는 듯하지만, 왕정은 감숙성 방향으로는 처음이 아니던가. 초행의 어려움까지 감안하면 여정의 힘듦은 더 더해질 거다.

'그나마 아영 누님이 있어 다행이지.'

입 밖으로는 누님이라는 말은 절대 하지 않는 그이지만, 속으로는 잘만 하는 그였다.

"가자고!"

"예이."

—허허. 젊구나. 젊어. 이번에는 뭘 또 배울는지…….

그렇게 둘과 한 영혼의 여정이 시작 되었다.

*　　　*　　　*

"으아, 이거 쉽지만은 않겠는데요?"

정파의 무림인들이라고 보기에는 거리가 먼 자들이 하남성을 벗어나 섬서성을 지날 때부터 종종 보이기 시작했다.

구파 일방 중 둘인 화산파와 종남파가 있다는 곳이 섬서성인데도 이러하다니!

구파일방 중에 공동파 하나만이 있는 감숙에 가게 되면 왠지 이 이상의 사파 무림인들을 볼 수도 있을 것 같았다.

"하남성에서부터 감숙까지는 정파의 영역이긴 하지만, 약간 애매한 부분이 있거든."

"애매해요?"

"응. 사파 무림인이라고 해서 다 죽일 사람은 아냐. 연이 닿아서 사파 무공을 익힌 자도 분명 있으니까."

무림맹의 소속으로 사혈련의 무인들과 다투고 있는 아영이 할 이야기는 아니지만, 그녀의 말은 나름 객관적이었다.

사혈련과 목숨을 두고 싸우는 입장에서는 꽤나 통 큰 말이라고도 할 수 있고.

—괜찮은 아해로구나.

마공을 익혀 마인에 가까운 독존황으로서도 칭찬을 해줄 정도의 견해였다.

"흐음, 그래서 전부는 죽일 수 없으니까요?"

"그렇게 되면 전쟁이겠지. 물론 지금도 무림맹과 사혈련이 다투고는 있지만, 전면전은 아니잖아?"

"말하자면 세력 다툼을 어느 정도는 해도 그 이상의 수준으로는 끌어올리기 싫다 이런 거네요?"

"피해가 크니까."

"에에…… 무림인들도 제법 현실적이네요."

피해가 크니까 전면전은 지양하다니. 칼 하나로 목숨을 놓고 살아가는 이들치고는 너무 현실적이지 않은가.

무림에서 낭만을 찾는 성격은 아닌 왕정으로서도 너무 현실적인지라 말문이 막힐 정도다.

"개개인은 낭만을 찾을 수 있어도, 무림을 이끄는 무림맹은 그리 하지 못해. 현실적이어야 하지, 정치적이기도 해야 하고."

"그래서 산적 같은 것이 남아 있기도 한 거군요? 현실적이어야 하니까요."

"뭐, 그렇지."

마지막 말에서는 왠지 모르게 목소리가 잦아드는 아영이었다. 뭔가 사연이 있는 듯했으나 달리 끼어들 일은 아닌 듯했다.

'복잡해지기만 하겠지…….'

왕정으로서도 이 이상 지금의 주제에 대해서 이야기를

해 봤자 얻을 것이 없다는 판단이 들었다.

무림인들이 정치적이든 현실적이든 자신과는 상관이 없으니까. 아니, 현실적이라면 더 좋을지도 모른다.

현실적이니만치 독에 관한 위험을 알 테고, 위험을 알게 되면 자연스레 해독단을 높은 값을 주고서라도 살 테니까.

"현실적이면 좋지요 뭐. 물건도 잘 팔릴 거니까요. 흐흐. 좋은 게 좋은 거라고. 어서 가자고요."

"그래, 그래. 좋은 게 좋은 거지. 동생 말이 맞아. 어서 가자구."

어느덧 다시 힘을 내서 가는 그녀였다. 무슨 사연이 있다고 하더라도 본래의 활발한 성격을 잃어버리지 않는 것이 그녀의 매력이리라.

이 험한 세상에서 밝은 성격을 유지하는 것은 굉장히 힘든 일이니까.

그렇게 둘은 섬서성을 지나 감숙성을 향해서 힘차게 발걸음을 향하고 있었다.

第十三章

악을 보다

저게 무슨 일이란 말인가!

아무리 공동파가 구파 일방 중에서 힘이 약한 문파라고 하다지만, 그래도 공동파가 있음으로서 감숙성은 정파의 영역으로 나뉘지 않는가.

그럼에도 어째서 저런 광경이 펼쳐지고 있는 것인가?

자신의 가족들이 죽은 것처럼 전염병에 의한 거였다면, 호환을 당한 거라면 차라리 이해를 할 수 있다!

헌데 자신의 눈앞에 보이는 광경은 그러한 광경이 아니다!

사람이 사람을 잡는다. 강자라는 자들이 약자를 보호하

기는커녕 약자를 잡으려 애를 쓴다.

먹고 먹히는 것이 세상사며, 세상이 밝지만은 않다는 걸 알고 있는 왕정이지만 눈앞의 광경에는 말문이 막혔다.

아니, 열이 뻗칠 수밖에 없었다!

"으하하. 어서 오라고. 흐흐흐."

"꺄아아아악!"

"더 반항을 하려는 게냐? 앙? 아주 한번 뒈져 볼까? 앙? 죽어?"

무인이다. 무공을 익힌 무인. 그런 무인이 무공을 익히지 않은 아녀자를 괴롭힌다. 죽이려 하는 것도 아니다.

농락한다. 몸을 더듬고, 옷을 찢는다. 자신의 쓸모없는 욕구를 풀기 위해서 여인들의 앞섬을 헤친다.

여인들의 자식으로 보이는 아이들이 있음에도 관여치 않는다. 천륜을 어기는 거다. 인간으로서 기본이 되지 않은 거다.

"이 미친 새끼들!"

이왕이면 부드럽게, 다투기보다는 대화로 해결을 하려 하는 왕정이지만 지금의 상황만큼은 용납할 수 없었다.

지금 이 순간에 나서지 않는다면 그게 어찌 사람이겠는가? 정파이니, 사파이니 하는 것은 모르겠지만 적어도 인륜은 아는 자신이다!

공자 왈 맹자 왈이니 배우지 않아도 양심에 거리끼는 삶
은 살지 않았다고 자부할 수 있다 이거다!

평상시의 부드러운 모습과는 다르게 열이 뻗칠 대로 뻗
친 왕정이 아영을 그대로 두고 달려 나간다.

앞뒤는 전혀 가리지 않고!

"아아, 지르는 건가?"

무림 생활로 때를 너무 많이 묻혀버린, 움직이기 이전에
많은 상황을 계산해야 하는 아영이 작게 중얼거린다.

하지만 그녀 또한 눈앞에서 벌어진 일에 내심 열이 뻗친
상태가 아니던가. 그녀 또한 몸을 움직여 달려 나가기 시작
했다.

        *   *   *

"뭐, 뭐엿!"

산적으로 보이는 놈들은 자신들을 공격하려는 자가 없을
거라 여겼는지 당황한 기색이 역력했다.

꽤나 비싸 보이는 가죽들로 몸을 여미고 있는 것이 양민
들에게는 위압감을 줄 만한 인상이었다.

가죽옷에 험한 인상 정도면 보통 사람들에게 있어 공포
그 자체일 테니까.

하지만 사냥으로 홀로 목숨을 연명했던 왕정으로서는 그런 산적의 모습이 가소로울 따름이다.

그는 되려 이런 식으로 나선 것에 대해서 후회를 하고 있었다.

'칫, 아무리 절정이 됐어도 사냥꾼의 방식이 더 효율적일 텐데⋯⋯.'

급한 마음에 대책 없이 몸부터 날려 버렸다. 그게 아니라면 어쩌면 사냥꾼이 아닌 무인의 방식에 점점 길들여지고 있는 걸지도 모르겠고.

어느 쪽이든 좋은 결과는 아니었다. 아무리 강한 무인이 되었다고 하더라도 사냥꾼이 가진 방식의 효율성을 죽일 필요는 없는 것이다.

'다음부터는 주의를 좀 해야겠어.'

자신의 문제점을 바로 고치기로 마음먹은 왕정은 그래도 이왕 벌인 일은 제대로 마무리를 해야겠다 여겼다.

그의 의지에 따라 단전에 자리한 독정이 몸을 휘돌기 시작한다. 그동안의 수련이 헛되지 않았는지 독을 품은 내공들은 그의 의지를 따라줬다.

그의 팔에 녹색의 빛이 어리면서 독기를 내뿜기 시작하는 것은 순간!

파아앙!

땅을 박차고 나간 그의 몸이 산적에게 내리꽂히는 것도 한 순간이었다.

"으어어엇! 어딜!"

산적치고는 평소 훈련을 했던 것인가? 그와 마주한 산적이 자신의 손에 쥐어진 도리깨를 휘두른다.

그 길이가 꽤나 길었던지라 도리깨는 꽤나 위협적으로 다가왔다.

'왼쪽.'

하지만 왕정은 당황을 하기보다는 그동안의 경험을 바탕으로 상대에 대한 분석을 해 나갈 뿐이었다.

평소 어수룩하다거나, 돈만 밝히는 평소의 모습과는 다른 진지한 태도였다. 자신이 얻은 힘을 바로 사용하는 왕정. 그의 뛰어난 응용력이 지금 빛을 발하고 있었다.

스으으윽.

적이 날린 도리깨의 반대 방향으로 몸을 피한 왕정은 긴 공격 끝에 허점을 낳은 산적의 옆구리에 자신의 손을 박아 넣었다.

"크흡."

산적은 왕정의 공격에 의한 타격력보다는 갑작스레 자신의 말을 듣지 않는 몸에 당황을 했다.

"도, 독……."

그게 그의 마지막 말이었다.

으드드드득.

뒤이어 연타를 넣은 왕정의 주먹에 산적의 옆구리가 으스러지는 것은 순간이었으니까.

독에 중독된 순간 그에게 왕정을 이겨낼 가능성은 처음부터 존재치도 않았었던 것이다.

"흐음……."

빠르게 하나를 처리한 왕정이 전황을 살펴보기 위해 주변을 살펴본다.

"……죽어."

그가 보니 아영 또한 평상시의 활달한 모습과는 달리 냉혹한 눈빛을 한 채로 산적들을 정리하고 있었다.

절정에 명가의 자식이라는 예상에 걸맞게 그녀의 손속은 재빨랐고 또한 정확했다. 그가 하나를 처리하는 동안 그녀의 곁에는 어느덧 셋의 시체가 있었으니까.

'누님이 상대하는 자를 포함하면 넷을 잡은 거고. 남은 자는 넷, 아니 셋인가.'

하나가 도망을 가고 있었다. 남은 셋은 우왕좌왕하고 있었고.

자신에게 제대로 대응도 하지 못한 채로 혼란스러워 하는 산적들 세 명이야 신경 쓸 필요가 없다.

그들은 혼돈에 빠진 순간 이미 자신에게 잡힌 먹이나 다름없으니까. 다만 문제가 있다면.

"도망치는 하나……."

그렇게 둘 순 없지. 제대로 무공을 익히지 않은 산적이라고 하더라도 수가 많아지면 위험해진다. 그건 진리다.

꽈아악.

왕정이 어느덧 허리춤에 뒤로 메어져 있던 활을 꺼내어 화살을 메기고는 도망가는 산적을 향해 시위를 겨눈다.

그 사이. 뒤늦게서야 정신을 차린 산적들도 자신들에게 여의치 않은 상황인 것을 느꼈는지 가장 먼저 도망가는 산적과 같은 행동을 취했다.

이로서 도망가는 산적들의 수는 넷. 다른 이가 본다면 잡기 어려운 상황이라 할 수 있겠지만 왕정은 그렇지 않았다.

투우우우웅.

그의 손에서 놓인 화살 하나가 쏘아져 나간다.

"크아아악."

화살 단 한 발. 행동불능이 되는 정도가 아니었다. 그의 화살에는 그가 키운 독이 발라져 있었으니까.

사망이다.

'다음…….'

그는 한 발의 화살에 맞은 산적은 더 신경 쓸 필요가 없다는 듯, 바로 다음 시위를 메겼다.

쉬이이익. 퍽.

"큭……."

"도, 독이다……."

순식간에 처리된 자들이 셋. 남은 이는 하나.

"어딜 그렇게 가지?"

"……사, 살려줍쇼!"

마지막 남은 산적이 더는 도망갈 수 없다고 판단한 것인지, 자신을 쫓아온 아영에게 무릎을 꿇는다.

잠시 동안만이라도 일단 살고 보자는 태도다.

방금 전까지만 하더라도 자식들 앞에서 천륜을 저버리며 어미를 간하던 이치고는 간사하기 그지없는 모습.

아니, 그런 천륜을 저버리는 자이기에 간사한 걸지도.

어느 쪽이든 간에 그는 살 수 있게 되었다. 그의 간사함이 그를 살린 것이 아니라 그의 필요에 의해서.

"사, 살려만 주시면. 으어어억. 크읍."

경망스럽기 그지없게 굴던 마지막 산적 하나가 아영의 점혈에 그대로 굳어버린다. 그녀가 순식간에 아혈과 마혈을 찍어 행동을 봉한 것이다.

그가 그녀보다 내공이 강하지 않는 한 도망치는 것은 힘든 일일 것이다.

모든 상황이 정리됐다고 여겼는지 아영이 냉혹한 표정을 지운 채로 왕정을 바라보며 말한다.

"이야기 좀 해야겠는걸?"

전과 같이 생글거리는 모습이지만, 방금 전까지만 해도 그녀가 짓고 있던 냉혹한 표정에는 분명 살기가 어려 있었다.

위화감이 들 법도 한 표정 변화였지만 왕정은 그에 관해서는 신경도 쓰지 않는지, 그도 곧 원래의 표정으로 돌아왔다.

"일단은 이분들부터 챙기고요."

확실히 그는 보통 무인들과는 달랐다.

다른 무인들이라면 산적들에게 산채는 어디 있는지, 어디의 누구인지를 묻겠지만 그는 쓰러져 흐느끼는 여인들부터 챙겼으니까.

"그래. 그게 맞는 걸지도……."

잠시 멍하니 왕정을 바라보던 그녀가 이내 왕정의 곁에 다가간다. 그와 같이 다른 여인들을 챙기려는 것이다.

그는 싸움은 사냥꾼의 방식을 잠시 잊었을지 몰라도, 인간적인 면모만큼은 여전한지도 모르겠다.

*   *   *

그와 그녀가 가던 곳은 감숙성의 어귀였다. 이제 막 감숙성에 속하는 곳이기도 했고, 성도인 난주까지는 한참이 남은 끄트머리였다.

섬서성과 감숙성의 경계라고 하면 정확한 표현이리라.

이곳을 왜 굳이 언급을 하느냐 하면 그들이 구한 화전민들이 이곳에 살고 있었기 때문이다.

그가 있었던 광산촌같이 특별한 곳을 제외하고 화전은 분명 관에서 금지하는 행동이다. 군사적이거나 정치적인 이유 등 여러 가지 사정에 의해 금지된 것이다.

하지만 관에서 금지한 행동이라고 하더라도 당장 먹을 것이 없는 자들, 높은 경작료를 내지 못하는 소작농들은 먹고 살기 위해서 화전을 할 수밖에 없었다.

그런 경우 이런 곳에 오게 된다.

성과 성의 경계, 관에서도 누가 관리해야 할지 불분명한 곳에 오게 되는 거다.

몇 년에 한 번씩 관에서 사람이 나오기도 하지만 그럴 때를 제외하고는 화전을 하고 살 만한 곳이니까.

살기 위해서 불법인 화전을 하고, 마을을 꾸려 살아가는 자들. 현세에서는 한없이 밑바닥인 인생을 살아가고 있다고 할 수 있는 그들을 건드리는 자들이 있다.

'쓰레기들.'

왕정이 쓰레기라 말하는 산적들. 그나마 녹림수로채에 들어간 산적들은 양민들을 건드리지 않기라도 한다.

하지만 이런 성의 경계에 있는 자들은 그것도 아니다.

되는 대로 세를 키우고, 주변에 있는 화전민촌과 마을들, 심한 경우에는 현의 어귀까지도 건드리는 것이 성의 경계에 있는 산적들이다.

악질 중의 악질이고 죄인들이 모여 있는 곳이 바로 그가 맞닥뜨린 놈들과 같은 산적들이다.

"어떻게 할 거야?"

"히, 히에에엑. 살려 주십쇼!"

살아남은 마지막 산적의 말에 따르면 그런 놈들이 인근의 화전민들을 흡수하기도 하고, 범죄자들을 흡수하기도 해서 모인 수만 일천을 훌쩍 넘는단다. 물경 이천에 가까운 수라고 하니 놀랄 노 자의 수다.

"무식하게 수만 불렸네요?"

"아무래도, 성의 경계에 자리 잡은 산적들의 경우에는 녹림처럼 무공을 익히기 보단 손쉬운 수 불리기를 택하니까."

"일단 수가 불어나면 쉬이 토벌하기 힘드니까요?"

"그런 거지."

"흐음……."

이유는 명확하다. 그들은 현재 세를 한참 불리고 있는 신흥 산적들이겠지. 신흥 산적인 것을 어찌 아냐고? 산적들도 족보라는 것이 있다. 기본적으로 녹림수로채에 들어간 산적들을 최고로 치고 그게 아니면 어느 정도 소문이라도 크게 나 있는 이들이 있다.

무림맹이나 주변 문파들도 알 만한 곳이 나름 족보 있는 산적들인 것이다.

하지만 지금 덜덜 떨고 있는 놈이 말해 주기로는 이 산채는 생긴 것 자체가 얼마 되지 않았다.

"그, 그 두목을 제외하고는 다들 저희랑 비슷합니다요."

"무공을 익히지 않았다는 거로군?"

"예…… 예."

잠시 뜸을 들였다. 아영이 그것에서 이상함을 느꼈는지 그의 목에 자신의 검을 가져다 댄다. 제대로 불지 않으면 죽이겠다는 뜻이다.

"히, 히이이익."

"제대로 불어야지? 응? 곱게 가기 싫어?"

곱게 죽인다는 걸까, 아니면 곱게 보내준다는 걸까? 어느 쪽으로 해석을 해야 할지 모를 말투다.

하지만 정신이 없는 놈에게는 제대로 뜻이 먹힌 듯했다.

"두, 두목의 주변에 있는 몇은 무공을 익힌 거 같습니다. 들기로 여덟이서 무림에서 떠돌다가 산채를 만들었다고…… 저, 저도 들어온 지 얼마 안 돼서 아는 게 적습니다요!"

모른다는 것치고는 나불나불 잘도 불고 있었다.

"그럼 산채 이름은?"

"그, 그게, 주변에서는 황팔채라고."

"황팔채?"

산채 이름에 별거가 있느냐 싶지만은 이름 한 번 요상하다. 대체 무슨 의미로 이런 이름을 짓는단 말인가.

"예, 예! 황소같이 힘이 센 분들이 모여서 만들었다나, 뭐 그렇습니다요. 그래도 요 사이 수가 제법 불어나서 주변에서는 소문이 꽤 파다하게 나고 있습니다요."

"내 참, 유치하구만."

"아아."

왕정은 황팔채라는 이름에 실소를 지을 뿐인데, 아영은 뭔가 하나 눈치를 챘다는 듯 감탄성을 내었다.

"황천군(黃天軍)이라고 말하던 놈들이 여기로 센 건가?"

"황천군?"

"응. 무림맹에서 공적으로 임명하려던 놈들인데, 어찌 알고 새어 버렸었지."

이어지는 아영의 설명을 들으니 아주 재밌는 놈들이었다.

놈들은 처음에는 병사들이었다고 한다. 같은 곳에서 활동을 하고 전쟁에 몇 번 나가기도 한 병사들.

그런 놈들이 어쩌다 우연찮게 전쟁터를 나돌다가 무공하나를 얻었었다고 한다.

놈들의 주장대로라면 우연이라고는 하는데 낭인 하나를 죽여서 얻었을지 그게 아니면 기연이라도 얻었을지는 모를 일이다.

어쨌거나 그렇게 해서 얻은 무공이 일종의 마공이었다고 한다. 사람의 피를 얻고 그를 통해서 점차 힘이 강해지는 마공.

역산혈기공(力産血氣功)!

성장도 빠른 편이었으나, 무공을 익히는 것 자체가 피를 부르기에 금기시되는 무공이기도 했다.

하지만 위력은 있어도 그에 맞는 검공이라든가 권각술 정도도 담겨져 있지 않기에 삼류의 기공이라고 치부되는 무공이기도 했다.

하지만 이를 얻은 황천군에게는 상관이 없었다. 비록 수준은 낮아도 전쟁터에서 떠돌며 살다 보니 그들이 나름 가지고 있던 생존 무공들이 있으니까.

이름은 없지만 살아남기 위해 익힌 창술이 그들의 진신 무공이었던 것이다. 거기에 역산혈기공이 더해졌으니!

　전쟁을 구르며 사람 죽이기를 예삿일로 알던 놈들에게 힘이 주어지니 안 그래도 좋지 못했던 그들의 성격은 더욱 악독해졌다.

　피를 보아야 하기에 사람을 더 잔인하게 죽였고, 피를 얻기 위해 괴롭히다 죽였단다. 그들을 이끄는 지휘관과 병사들로서도 진절머리 칠 정도로.

　함께 전장을 뒹구는 처지에서도 진절머리를 칠 정도라면 그들이 얼마나 잔인한 행동을 했는지는 알 만하지 않은가? 그들도 같은 병사들이 자신들을 피하는 것을 알았기에 그런 것일까. 아니면 이제 더는 군에서 무공을 익힐 필요가 없다고 여겼던 것일까.

　첫째가 일류의 무인이 되고, 나머지가 이류에 올라서자 그들은 제 발로 군대를 나왔다.

　보통은 그런 강한 전력을 가진 병사들을 자신의 측근으로 삼겠지만, 지휘관들도 그들의 행동에는 질려 버렸는지 바로 전역을 시켜줬다.

　그때부터 그들은 자신들을 황천군이라고 칭하면서 무림에 나섰다고 한다.

　'처음이 의외였지⋯⋯.'

그들이 처음으로 한 행동들은 자신들과 같은 마인들을 잡는 것이었다. 죽여도 문제가 없는, 되려 칭송받을 만한 자를 죽임으로써 자신들의 본성을 철저히 숨겼다.

몇이나 죽였을까? 그렇게 해서 첫째가 절정에 이르게 되자 그들은 본색을 드러냈다.

마인을 죽여 실력을 키우자 그들이 마인이 된 것이다. 이제는 더 힘을 숨기지 않아도 어지간한 고수는 처리할 수 있는 실력이 되었으니까.

하기사 일류가 일곱에 절정이 하나니 초절정의 고수가 아니고서야 그들을 쉬이 상대할 자들은 많지 않았을 거다.

초절정의 고수가 많았으면 괜히 초절정이라고 불리겠는가. 게다가 초절정이라고 하더라도 손해를 보며 상대해야 할 자들이 황천군이기도 했고.

덕분에 그들은 기세등등해져서는 무림을 이 년간 횡행하고 다녔다. 그들을 막을 자들도 없었으니까.

하지만 결국 제어를 받지 않은 그들은 건드리지 말아야 할 자를 건드려 버렸다. 화산파의 제자 하나를 별것 아닌 이유로 죽여 버린 것이다.

그들로서도 그가 화산파의 인물인지는 모르고 죽였을 것이다. 하지만 무림은 결과가 말해 주는 곳이 아닌가.

죽여야 할 죄인도 힘이 강하면 살아남는 곳이 무림이고,

정의롭다 해도 약하면 죽는 곳이 무림이다.

그들은 강함과 약함 그 어중간한 사이에 서서 묘한 균형 감으로 살아남아 왔지만, 화산파의 제자를 건드린 것이 패착이었다.

때문에 무림맹으로서도 더는 좌시하지 못하고 그들을 무림 공적으로 몰아 일을 추진했던 것이고.

'눈치는 확실히 빠르단 말이지.'

그런 그들이 눈치를 채고 도망을 쳤다. 공적으로 몰려 죽느니 세상에 모습을 드러내지 않기로 마음먹은 것이다.

그리고 그 방법은 생각보다 유효했다.

처음 몇 년간 추적을 하던 화산파 사람들도 결국에는 포기할 수밖에 없었을 정도니까. 그들은 정말 쥐도 새도 모르게 사라졌던 거다.

"세외로 빠져나갔다고 여겼었는데, 성간의 경계에서 쥐 죽은 듯 살았나 보네. 나름대로 현명해."

"그런가요?"

"응. 보통 공적들이 잡히는 이유가 뭔지 알아?"

"뭔데요?"

"힘을 가졌으니까 잡혀. 힘을 숨기려고 힘을 기른 것은 아니잖아? 특히나 무공이란 것은 더더욱 그러하지."

"아아. 그러니까 결국에는 쥐죽은 듯 숨더라도 자신의

힘을 드러내게 된다는 거군요?"

힘이 있으면 쓰고 싶은 것은 당연한 일이다. 괴력을 타고
난 이도 그러할진대 무공을 수련한 끝에 힘을 얻은 자들은
더더욱 그러하겠지.

특히나 마공들의 경우에는 그 폐해로 인해서 성격을 버
리는 경우도 많기도 하고.

"그렇지. 숨어서 조금씩, 아주 조금씩 힘을 드러낸다고
하더라도 결국에는 흔적이 남게 되거든. 그렇게 흔적이 쌓
이면."

스으윽.

그녀가 자신의 목에 손을 가져다 대 가로로 긋는다. 죽는
다는 의미다. 공적이 살기 위해서는 힘을 숨기고 살아야 한
다는 의미기도 하고.

"흐음. 확실히 타당하기는 하네요. 저조차도 평상시 제
방식대로 적을 사냥하지 못했으니까요."

"헤에? 인간을 사냥한다고 하는 건 마인들이나 하는 말
이라고. 조심해야 한다?"

그녀가 왕정의 말투에 재밌다는 표정이다. 하지만 왕정
으로서는 마인이나 하는 말이라 하더라도 거리낄 것이 없
었다.

"사람이 사람이길 포기하면 더 이상 사람이 아니에요.

그러니까 사냥이라 해도 되는 거구요."

"단호한데?"

"예. 그게 제 방식이니까요."

그의 표정에 그녀가 의외라는 듯이 바라본다. 생각지도 못한 반응을 봤다는 태도다.

"흐음, 그래서 반한 거려나?"

그녀의 작은 혼잣말. 하지만 왕정에게도 들릴 만한 그런 목소리였다.

"예?"

"아냐. 그나저나 앞으로 어떻게 할 건데?"

분명 주제를 넘기려고 앞으로를 묻는 걸 거다. 하지만 왕정으로서도 꼬치꼬치 캐물을 생각은 없었다.

'아영 누님은 이화 누나하고는 다르게 이상한 말을 자주 한다니까.'

이상하게 둔탱이스러운 그였지만, 어쨌거나 주제는 다시 산적들과 그들을 모은 황천군에게로 넘어갔다.

일단 일을 벌였으니 수습이든 혹은 그 외에 무엇이든 해야만 편히 발 뻗고 살 수 있으리라.

이곳에서부터 빠르게 벗어나는 것도 방법이라면 방법이다. 하지만 왕정은 그런 쉽고 편한 방법보다는 어려운 길을 택했다.

평상시 편안함을 추구하는 그의 성격을 생각하면 전혀 의외의 행동이기도 했다.

"무슨 방법이 있겠어요. 일단 시작을 했으니 끝을 봐야지요."

"적이 이천에 가까운데?"

"예. 그래도 사냥해야 하는 거예요. 사람이 사람이 아니게 되면 괴물이 되거든요. 바로 지금 저놈처럼요."

퍼어어억.

왕정이 더 볼 것도 없다는 듯이 독을 끌어 올려 하나 남은 산적을 격타한다.

"크…… 크읍."

강한 독에 볼 것도 없는 무공을 익힌 산적이 사망하는 것은 당연한 일. 그녀가 놀라서 묻는다.

"어떻게 산채에 찾아가려고?"

"어차피 뻔해요. 사냥꾼보다도 산을 아는 자는 없으니까요."

자신만만하게 일을 벌이기 시작하는 왕정이었다.

第十四章

괴물 사냥

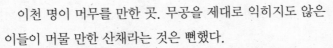

　이천 명이 머무를 만한 곳. 무공을 제대로 익히지도 않은 이들이 머물 만한 산채라는 것은 뻔했다.

　산채라고 하더라도 산에서 먹고 자며 생활하는 것을 쉬이 여기는 사냥꾼의 눈을 피해갈 수는 없다.

　사람이 사는 데 필수적으로 필요한 것들이 있기 때문이다.

　돈이야 도적질을 해서 벌어들인다고 치더라도 소비되는 식량과 식수는 분명 있어야만 한다.

　또한 그것들을 보관해야 할 곳이 필요하기도 하고.

　그러니 산속에서 사람이 살 수 있는 곳은 제한된 공간일 수밖에 없게 되는 것이다. 특히나 그 수가 이천에 가까워지면 그 후보지는 굉장히 적어진다.

"어쩌면 이 주변 관청의 관리들을 매수했을지도 모르겠네요."

"확실히 그렇겠지. 헤에? 나름 예리한데?"

평상시 어리바리한 모습을 보일 때도 있는 왕정이 산적 토벌을 결심하고는 제대로 된 모습을 보여주자 그녀는 꽤나 의외라는 생각이 드는 듯도 했다.

하기야 제대로 된 사냥을 시작하는 그의 모습과 평상시의 모습은 괴리감이 느껴질 정도이긴 하다.

일종의 생존본능이 발동되냐 되지 않느냐의 차이가 있을 정도로 큰 차이를 보이는 것이 그가 사냥을 할 때의 모습이니까.

그만큼 그는 사냥에 관련되어서만큼은 평소와는 전혀 다른 모습을 보이는 이인 것이다.

"그런데 누님은 어떻게든 끼지 못하는 거예요?"

"응. 아무래도 나는 사정이 있으니까……."

"흐음……."

아쉽게도 이번 사냥에 지원군은 없었다. 자신과 같은 절정 고수인 아영이 도와줬으면 좋겠으나 그녀는 무림맹에 속하지 않았던가.

움직일 때 움직이더라도 자신이 속해 있는 조직인 무림맹의 허락을 받아야만 움직일 수 있다. 특히나 이런 정해진 일정 이외의 일에는 더더욱 그러하다.

협의를 행하는 것이라고 하더라도 여러 가지를 계산하고 움직여야 하는 것이 조직에 속한 이의 사정이기 때문이다.

거기다 이유는 또 있다.

"나나 이화나, 아무래도 비밀스레 움직여야 하거든."

"뭐. 확실히 이화 누님이 무림에서 활동하는 것에 비해 소문이 안 나서 이상하긴 했어요."

그가 한 곳에 자리를 잡고 있는 동안 이화가 돌아다닌 지역만 하더라도 꽤 여럿이다. 그녀가 여행이 좋아 홀로 돌아다녔을 리는 없으니 전부 임무 때문이 아니겠는가.

달리 이야기하자면 꽤나 많은 의뢰를 수행하고 다녔다는 소리다. 그럼에도 그녀의 무명에 관한 소문은 별달리 없다.

왕정이 알아보지 않은 것도 이유가 되겠지만, 너무할 정도로 소문이 없을 정도. 이는 독존황의 말대로라면 일부러 소문을 지우지 않고서야 일어나기 힘든 일이라고 한다.

철아영이나 이화나 아주 힘들고 비밀스러운 일을 하고 있는 것이다.

"그럼 뭐 어쩔 수 없이 제가 홀로 해야지요."

"헤에…… 미안해. 그래도 일단 일을 하게 되면 관과 관련해서 주변에는 내가 잘 수습을 해 줄게."

일을 해결한 이후에 벌어질 귀찮은 일들을 해결해준다는 소리다. 그녀로서는 이 정도가 최선일 거다.

"그것만 해도 어디겠어요."

그 정도면 됐다. 독존황이 있다지만 무림 초출이나 다름 없는 자신으로서는 귀찮은 일을 해결하는 것만으로도 꽤 도움이 되니까.

"그럼 다녀오지요. 그동안 화전민 사람들이 일이나 당하지 않게 도와주세요."

"걱정 말라구! 나서서 토벌은 못 해도 방어 차원에서 나서는 것은 맹에서도 뭐라 하지 않으니까."

이런 때면 든든한 그녀다.

*　　　*　　　*

"저기군……."

길어야 반나절 거리였다. 산에 익숙한 사람에게 있어서는 반나절도 걸리지 않는 거리에 산채가 있었다.

지형지물을 조금 이용하긴 했지만 떡하니 목책까지 만들어 둔 것을 보면 황팔채를 다스리는 자들이 군부 출신이긴 한 듯했다.

저런 식의 목책은 제대로 된 지식이나 경험이 전무하고 서는 만들기 힘든 것이기 때문이다. 그들도 나름 경험을 살려 짜임새 있게 목책을 만들고 산채를 조직하고 있는 것이다.

'그래 봐야 그런 능력을 썩혀서 산적질이나 하는 게 웃기지만……'

능력이 있으면 바른 곳에, 그게 아니면 남을 해하는 데라도 쓰지만 않으면 참 살기 좋은 세상일 텐데 하고 생각하는 왕정이었다.

이건 해도 해도 너무하는 경우니까.

"일단은 탐색부터 해볼까."

그의 몸이 표홀하게 움직이기 시작한다.

시작은 목책의 주변을 살펴보는 것에서부터다. 자신이 염탐을 한다는 것을 알릴 필요는 없으니 산적들의 눈을 피하는 것은 당연지사고.

한참을 조사를 하니 산채를 발견하고도 하루의 시간이 가는 것은 금방이었다.

쓸데없이 시간을 소모한 것 같지만 이런 식의 대규모 사냥을 하기 위해서는 제대로 된 준비를 해야 하는 법이다.

그러니 그는 지나간 시간에 후회를 하기보다는 지나간 시간 속에서 얻은 정보들을 어찌 이용할지에 대한 고민을 했다.

"확실히 수는 이천에 가깝겠어요."

―산적치고는 꽤나 크구나. 중원에 사람이 많다지만 감히 산적도 이 정도 수이니…… 말세야. 말세.

"그렇긴 하지요. 어쨌거나 이 정도 규모면 한 번에 처리는 힘들겠어요."

―아무리 독공이 대량학살이 가능하다지만 네가 화경이라도 되지 않는 한은 힘들지.

"그래도 독공이 있어 나서기라도 할 수 있는 거지요."

화살로 하나씩 죽여야 했다면 나서지도 못했을 거다. 아무리 화살의 명수가 되어 가는 왕정이라고 하더라도 이는 힘든 일이니까.

화살 이천 발을 만드는 것도 일이지만, 이천 발의 화살을 전부 날리기 전에 잡힐 것이 분명하다.

지금 그가 나설 수 있는 것은 전부 독 덕분인 거다.

'요점은 독을 잘 사용해야 한다는 건데…….'

어떤 식으로 사용해야 적들을 학살하다시피 할 수 있을까? 고민은 지금부터다.

*　　　*　　　*

계획을 세울 때까지 그는 산책 주변에 자리를 잡고 맴돌았다. 덕분에 얻은 것은 그들이 식수원을 어디서 얻는지에 대한 정보.

다음으로는 저들이 어떤 방식으로 출입을 하는지에 관한 것이었다.

저들은 영리하게도 목책 그 자체에는 출입문을 만들지 않았다. 대신 도르래의 원리를 이용해서 사람이 타고 오를 수 있는 장치를 만들었다.

목책의 위로 다니는 방식인데, 딱 봐도 방어성만 놓고 보면 굉장히 좋아 보였다.

공격을 해야 하는 자의 입장에서는 문이 없기 때문에 목책 그 자체를 파괴하거나 혹은 안에 첩자가 있지 않고서야 드나들기 힘들기 때문이다.

산적들이야 안에서 갇혀 있는 기분이 들기는 하겠지만, 그런 단점을 감안하고 보더라도 확실히 쓸 만한 방식이었다.

무림에 소식이 새어나가는 것을 조심해야 할 황천군이라는 자들의 입장에서도 보안을 지키기 좋을 것이고.

"다 좋은데 식수원은 알아냈어도 식량 창고를 알아 내지 못한 건 아쉽네요."

─그렇긴 하다. 대량으로 중독시키기 위해서는 이용할

수 있는 건 다 이용하는 것이 좋을 테니까.

"흐음…… 쉬운 듯하면서도 까다롭네요."

그렇다고 해서 멈춰 있을 수만은 없다. 언제 자신이 모든 것이 준비가 된 상황에서 나서곤 했었던가.

준비를 할 만큼 했고, 떠오르는 작전도 있으니 이제는 움직여 볼 때다. 계획대로 될 것이다. 안 되도 되게 해야 할 입장이고.

"뭐 그래도 생각한 대로 움직이면 되겠죠."

*   *   *

전략이라는 게 별 게 아니다.

상대가 가진 약점을 공략하고, 내가 가진 약점은 내보이지 않으면 그게 전략이다. 복잡하게 갈 것도 없는 것이다.

또한 효율적으로 원하는 바를 얻으면 되는 것이기도 하고.

"저들은 자기 자신들을 가뒀다는 말이지요."

—그래. 그걸 이용하기로 하지 않았느냐.

"예. 독공이란 게 이런데 특화되어 있는 건 참 좋군요."

쑤우욱. 쑤욱.

왕정은 낮밤을 바꿨다. 낮에 생활하고 밤에 자는 생활을 정 반대로 바꿨다는 이야기다. 자신의 작전을 시행하기 위해서는 이 수밖에 없었다.

저들을 이용하기 위해서는 이런 수가 좋기도 했고.

'등잔 밑이 어둡다는 말이 딱 맞다니까.'

어디선가 주워들은 말귀인데 지금 상황에 아주 딱 맞았다.

저들은 목책에서 멀리서 관병들이 오는 것에 대한 감시는 철저히 하고 있다. 관청의 관리들에게 뇌물을 먹인 것이 있을 테지만 혹시 몰라 감시를 하는 걸 거다.

하지만 그 밑은?

이곳이 온연히 자신들의 영역이라고 여긴 것인지 별달리 감시라고 할 만한 것들이 없었다. 특히나 목책의 밑은 사각지대가 있어서인지 아주 좋게 숨을 만한 곳일 정도였다.

그곳에서 일차적인 작업을 하고 있는 왕정이다.

"그러니까 하나가 아니라, 둘이 섞였을 때 능력이 배가 되거나 발동하는 게 혼합독이라 이거지요?"

—그래. 연독기공은 그러한 것을 쉬이 할 수 있지.

"뭐 생각보다 쉽기는 하네요. 진기만 내뿜으면 되니까요."

—흘흘. 이제 좀 연독기공이 대단한 거 같으냐?

"솔직히 그렇긴 하네요."

그가 하는 작업. 그것은 그들이 도르래의 원리를 이용하여 다닐 수 있게끔 만든 통로에 독을 뿌리는 작업이었다.

줄과 거대한 대야와 같은 것을 이용하여 목책의 위에서 아래로 다니는 그들만의 통로는 딱 세 개였다.

아무리 도르래의 원리를 사용한다고 하더라도 그 이상의 숫자를 만들게 되면 관리가 힘든 면이 있어 세 개 정도만을 사용하는 듯했다.

그곳에 왕정은 독을 발라두었다. 바로 발동되는 독이 아니라 다른 독과 섞였을 때에 발동하게 되는 혼합독을.

그 원리에 대해서 제대로 파악을 한 것도, 또한 어떤 방식에 의한 것인지는 정작 움직이고 있는 그로서도 잘 모른다.

모든 것은 독존황이 시키는 대로 하는 것이긴 하지만 그가 왕정을 위험하게 만들 리는 없기에 믿고 움직이는 거다.

'이런 거야 차차 배우면 되는 거니까…….'

라는 속편한 생각을 하고 있기도 하고.

어쨌거나 며칠의 시간을 두고 통로를 통해 움직이는 자들이 독에 중독되게 한 것은 성과라면 성과였다.

사실 독을 풀고 적들을 중독시키는 거야 아주 식은 죽 먹기인 일이 아니었던가. 왕정은 독을 풀고 남은 시간에는 다른 작업 또한 병행했다.

—확실히 사냥꾼의 방식이란 게 효율적이긴 하구나.

"야수들은 발톱이 있고 이빨이 있잖아요. 하지만 저희 인간은 없으니 도구가 발달한 거죠 뭐."

—흐음. 때때로 사냥꾼들 중에 대단한 무사들이 나오곤 하는 이유를 잘 알겠다.

"헤에, 사냥꾼 출신 무사라. 진짜 가끔 있긴 한가 보내요."

—생활과 멀리 떨어진 듯하면서도 가까운 게 무공이니까.

"흐음……."

생활과 밀접한 것이 무공이라. 꽤나 신선한 이야기지 않은가. 왕정은 그 의미에 대해서 음미하면서도 손을 움직이며 분주히 함정을 설치해 갔다.

숲에서 살아가는 동물들도 알아채기 힘들 만큼 꽤나 은밀했고, 또한 강한 위력을 가진 것들이었다.

주변의 지형지물을 이용해서 만든다는 면에서 생각 이상으로 효율적이기도 했다. 별달리 도구가 없이 만들 수 있다는 점도 있으니까.

보통은 동물들을 상대하기 위해서 설치하는 함정이지만, 인간보다 강한 육체를 타고난 야수들을 상대하기 위함인 함정이기에 확실히 기대가 되는 것들이기도 했다.

—조금만 더 연구하면 살수들이 사용하는 것과 비슷하게 도 되겠어.

"사냥을 한다고는 했지만, 인간이 아닌 놈들만 사냥을 할 테니 거기까지는 아닐지도요. 하하."

—그래. 네가 살수가 되는 것은 나도 반대이니 걱정 말거라. 어쨌거나 이제 곧 삼 단계에 들어서겠구나.

"예."

일 단계가 놈들이 다니는 통로에 독 뿌리기다.

이 단계는 함정을 설치하는 것이고. 그 목적은 일이 어느 정도 진행되었을 때를 위해 미리 준비를 하는 거다.

마지막 삼 단계? 괜히 혼합독을 설치한 것이 아니잖은가. 혼합독이 발동하기 위한 마지막 조각을 맞춰줄 독을 풀 거다.

어디에? 바로 그들의 식수원에.

흐르는 물이라지만 두 가지 독이 발현하여 강한 독기를 보이는 혼합독의 강한 독성이라면 그가 원하는 효과를 보여주고도 남을 것이다.

"흐흐, 이제 조금만 더 하면 되는 겁니다."

조금씩 때가 다가오고 있었다.

*   *   *

"잘하려나?"

아영은 왕정을 따라 왔다가 괜히 일에 휘말리고 있는 것은 아닌가 하는 작은 걱정에 푸념을 했다.

자신이 속한 조직의 특성상 이런 일에 나서서 좋을 것은 없기 때문이다. 맹에 속해 있으면서도 그를 숨겨야 하는 것들이 자신들이니까.

비밀단이라면 단이고, 아니라면 아닌 그런 애매한 조직 정협단.

사혈단의 수뇌들로서는 아주 머리가 아픈 단이며, 무림맹 내에서도 그들의 과격한 임무 수행에 골머리를 쌓고 있는 곳이기도 하다.

그래도 일단 임무만 맡게 되면 확실하게 처리를 하는 능력을 보이니 계속해서 유지가 되고 있는 곳이 정협단이기도 하다.

"으음…… 나쁜 일을 하는 것도 아니니 말릴 필요는 없긴 한데. 괜히 나까지 꼬일 거 같단 말이지."

이화를 따라서 정협단에 들어오기는 했지만, 정의감이 넘친다거나 일에 대한 의욕이 있는 게 아닌 아영으로서는 현재의 상황에 괜히 머리가 아파지기도 했다.

그렇다고 해서 홀로 산적들을 처리하러 간 그들 두고 떠날 수는 없지 않는가. 이래저래 골만 아프다.

"그래도 뭐 이참에 궁금증은 해결할 수 있겠지."

골이 아프긴 해도 아무 생각 없이 그를 보낸 것은 아니었다.

어디서 왔는지도 모르고, 어떤 연유로 무공을 익히게 된 것인지도 파악이 되지 않는 왕정이다.

그렇다고 무림에서 활동하는 것을 즐기는 그도 아닌지라, 그에 대한 그녀의 궁금증은 계속해서 쌓이고만 있었다.

알면 알수록 다른 보통의 무인들과는 다르니 호기심 많은 그녀로서는 궁금증이 쌓이지 않을 수가 없었던 것이다.

헌데 이번이 기회가 되기는 했다.

"이천 정도의 산적을 상대를 하다 보면, 아무리 대량학살을 하는 독공이라지만……"

뭣 하나 작은 단서라도 나오지 않겠는가.

이를테면 그의 무공 연원이 무엇인지라거나, 그가 익히는 무공이 뭐라든가 하는 그런 단서 같은 것들이 말이다.

그도 아니면 그에게 무공을 사사한 스승이 누구일지에 대한 단서라도 나올 게 분명하다.

"으차아…… 그럼 궁금증을 풀기위해서라도 움직여 볼까나?"

수습을 해야 한다. 그가 움직이는 상황에 맞춰서.

'일단은 이 주변의 무림맹에 속한 신분을 이용하여 이곳 근처의 관청들에 협조를 구해야겠지.'

아무리 산적들로부터 받아먹은 것이 있는 관리들이라고 할지라도 자신 정도가 나서면 알아서 상황을 맞춰줄 거다.

'정 안 되면 집안이라도 팔아먹어야지 뭐.'

자신이 해 줄 수 있는 일은 딱 이 정도다. 산적 토벌 외에 처리해야 할 외적인 부분들까지다.

이제부터 왕정이 산적들을 얼마나 잘 처리할지는 두고 보면 될 일인 것이다.

"정말로 잘 해결해 낸다면야……"

무림에 신성이 탄생할지도 모르지. 아주 잘하면.

"신성 정도 되면 조금 이뻐해 줘야 하려나? 후후."

*   *   *

"흐흐. 이제 시작이군요."

그의 웃음과 함께 황팔채는 난리가 났다.

황팔채 정도의 크기가 되면 생각보다 많은 물을 필요로 한다. 생활을 하는 데 필요한 물도 물이지만 특히 살아가기 위한 식수가 중요하다. 음식을 할 때에도 물은 많은 부분을 차지하기도 하고.

그런데 그런 물들이 난리를 냈다.

"으으으. 으으……"

"아악. 내 배."

처음에는 탈이라도 난 건가 했다. 산채에 있는 산적들 중에서도 약한 편에 속한 놈들이 탈이 나기 시작했으니까.

"관리를 좀 하라고!"

하지만 막상 탈이 난 자들이 퍼져나가는 것은 순식간이었다.

처음 탈이 난 이가 나타났을 때를 기점으로 반나절 정도 지나자마자 산채에 있는 거의 모든 이들이 탈이 났다.

"독인 거 같다."

황천군의 첫째. 길산은 자신의 내력으로 몸에 파고들려는 독기를 다잡으면서 말했다.

둘째 이하의 형제들도 마공을 통해 내력만큼은 강한 편이었기에 어렵지만 독기를 다잡으며 그의 말에 동의를 표했다.

"확실히 그렇수다."

"아무리 봐도 보통 독은 아니오. 혹시 몰라 가지고 있던 해독단들이 아니었다면, 큰일 났을지도 모르오."

"그래. 셋째, 넷째 너희 말대로다."

아무리 봐도 누군가 미리 독을 풀었다고밖에 볼 수 없는 상황이다.

그들이 사용하는 식수 혹은 음식에 독을 탔다는 거겠지. 식수 아니면 식량. 누구라도 예상할 수 있는 부분들이다.

하지만 이들은 오 할의 확률에도 불구하고 둘 중 하나를 잘못 택했다.

"식수를 통해서 이렇게 대량으로 오염시키기는 힘들 거다. 우리가 식수로 사용하는 것은 흐르는 물이니까."

"맞수. 물에 독을 탄다고 하더라도 흐르게 되면 아주 강한 독이 아니고서는 아무래도 한계가 있지."

"우리 같은 산적들한테 그런 강한 독을 쓸 리야 있겠느냐. 이천 정도 중독시키려면 그게 다 돈이다."

"아니면 독공의 고수거나. 하지만 독공의 고수라고 하더라도 이런 상황을 만드는 건 힘들지."

그들 나름 추리를 해 나간다.

얼핏 보면 제대로 된 추리 같지만 잘못된 선택의 방향으로 아주 조금씩 추리가 틀어져 가고 있었다.

감히 혼합독을 사용할 거라고는 생각하지 못하니 잘못된 억측을 낳아가고 있는 것이다.

"그럼 식수를 제외하면 남은 것은 식량이다."

"내부에 적이 있다는 거군. 그렇다면 식량을 관리한 놈들과 요리를 한 놈들부터 족쳐봐야 하는 건가?"

"며칠 전에 산적 열 정도가 사라졌다더니 일이 이렇게 발생하는군."

"에잇. 말이 다 나왔는데 더 뜸을 들일 필요 있소? 내가 당장들 데리고 오겠수다."

가장 성질이 급한 일곱째가 말을 던지고는 바로 움직인다. 가만히 침묵하고 있던 첫째도 길산도 첩자가 벌인 일이라고 여겼는지 입곱째를 말리지는 않았다.

일곱째 철산이 첩자로 보이는 놈들을 데리고 오면 알아서 족쳐보려고 하는 것이다.

'누굴까, 누가 감히 첩자를 심고 우리를 건드리는 걸까? 흐음…….'

일이 점차 벌어져 가고 있었다.

第十五章

처리하다

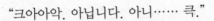

"크아아악. 아닙니다. 아니······ 큭."

한 사람의 헛된 목숨이 스러져 간다. 허나 그는 인간이기 이전에 인간 이하의 행동을 했었으니 달리 슬퍼 할 이유도 없었다.

인륜 정도는 쉬이 저버림을 택한 산적들 중 하나였으니까.

태어날 때부터 죄인이 있겠느냐만은 이런 식으로 죄를 지은 자들에게 인간으로서의 대접을 할 필요는 없는 것이다.

"하, 이거 다 털어 봐도 안나오는뎁쇼? 이 정도하면 나와야 하는데…….”

일곱째다. 가장 자신만만하게 주방과 식량 창고를 맡은 수하들을 끌고 온 성질 급한 자기도 했다.

그의 손에만 벌써 십여 명이 넘는 산적들이 죽어버렸다. 그의 독한 손에 심문을 당하다가 죽은 것이다.

하지만 그를 제외한 다른 형제들은 침묵만을 할 뿐, 달리 말리거나 하지 않은 것을 생각하면 그들 또한 공범이다.

“방법을 찾아야 한다. 방법을, 지금도 죽어가고 있어. 이 제 더는 첩자를 찾을 필요도 없을 정도다.”

첫째 길산의 말대로다.

벌써 복통을 호소하다가 죽은 자들만 천에 가깝다.

그들이 의심 가는 자들을 심문하고, 또 음식을 해서 먹는 동안 죽어간 자들의 수가 이렇게나 늘어버린 것이다.

황천군 자신들이야 폐관 수련을 할 때 사용했던 벽곡단들로 끼니를 때워 버텨냈다지만, 수하들은 그리하지도 못했다.

배고픔에 못 이겨서 음식을 먹다 죽은 놈들이 수두룩 하다.

“이거 아무래도 식량 창고 놈들과 주방 놈들은 아닌 듯 하오.”

“맞소. 요리를 해먹지 않아도 독에 죽은 놈들이 꽤 있소.

그렇다면 식량이 아니면 역시……."

식수다.

식수를 통해서는 이런 강한 위력을 보여주지 못할 거라고 생각했었는데 자신들을 중독 시킨 것은 사실 식수였던 거다.

'흐르는 물에 독을 타서 천을 넘게 죽인다라…….'

과연 얼마 정도 되는 독을 뿌린 걸까? 자신들이 병졸이었던 시절에도 독을 푸는 적이 심심찮게 있긴 했다.

하지만 이 정도로 강한 독을 흩뿌려 댄 적은 결단코 없었다.

병사들 중에서 독공의 고수가 있을 리도 만무할뿐더러, 군에서 사용하는 독의 수준은 거기서 거기기 때문이다.

이건 확실히 보통 독의 수준을 뛰어 넘었다.

"남은 놈들은 몇이나 되냐?"

"멀쩡한 새끼들은 한 백 명 겨우 되오."

백 명이라. 이천에 가깝던 산적들의 수를 생각하면 되도 않는 작은 숫자지만 그들은 자신의 수하들 중에서 가장 정예일 거다.

무공이 높든 낮든 간에 생존 본능으로라도 살아남은 걸테니까. 살아남은 자가 가장 강한 것이니 그들은 정예인 거다.

"식량은 아니라는 결론이 나왔으니 밖을 뒤져야 한다. 전부 모이라고 해."

"알겠수다."

"크읍……."

그들은 자신들이 족치던 수하들은 신경도 쓰지 않은 채로 남은 수하들을 모으기 위해 움직였다.

식량이 아닌 것을 알게 되었으니, 이제는 식수에 독을 풀 고수 혹은 독을 푼 범인을 잡기 위해서 움직이는 것이다.

'독을 푼 이가 고수라고 해도 백 명 정도가 달려들면 수가 없겠지. 우리 또한 보통은 아니기도 하고…….'

몇 년간 산채 생활을 하면서 절정에 이른 형제들만 자신을 포함해서 셋이다. 나머지는 일류의 끄트머리에 있고.

그런 자신들이 협공을 벌이면 아무리 독공의 고수라고 하더라도 당해내기 힘들 터.

게다가 독공의 고수들의 경우 약자에게는 강하더라도, 같은 경지의 강자들에게는 약한 것을 감안하면 그들에게 승산은 있어 보였다.

"다 데려왔수다."

첫째인 길산이 계산을 하는 사이 일곱째인 철산이 남은 인원들을 끌고 왔다.

다들 현재의 상황에 겁을 먹은 기색이 보이기는 했지만,

독보다는 황천군이 무서운 것인지 통제에 따르고는 있었다.

"움직이자. 각자 둘씩 흩어지고 스물다섯 명씩 데려가는 거다. 목적은 탐색이니 적을 찾으면 바로 모이고."

"알겠수다."

억측과 수하들의 희생 끝에서 바른 방향을 찾아낸 황팔채가 움직이기 시작했다.

*　　*　　*

"휘유. 그래도 제법 살았군요?"

—백 정도다.

왕정은 산채가 잘 보이는 곳에 자리를 잡고는 목책 위에서 도르래를 통해 내려오려고 하는 자들을 지켜보고 있었다.

이미 독을 풀고 저들에게 죽음을 선물해 준 지 열흘도 넘는 상황.

독을 풀고나서부터는 왔다 갔다 하는 이도 없었기에 분명 안에서 사달이 일어났다는 것을 알고 있긴 했다.

거의 열흘째가 되어도 나오는 이들이 없어서, 자신의 독에 이렇게도 쉽게 다 죽어버린 건 아닌가 하는 생각도 하고 있었고.

그런데 이천에 가깝다는 수들 중에서 무려 백 명 정도는 살아 나왔다. 천 명을 넘게 죽이긴 했지만, 생각보다 많은 수가 남았다.

"독이 제대로 안 통한 거려나요?"

—그럴 리가. 식수를 통해서 중독시킨 것치곤 큰 성과가 아니더냐. 전투 불능이든 죽었든 백 정도만 남은 거니까.

독존황의 말도 맞긴 하다.

아무리 절정에 이르게 된 자신이라고 하더라도 천 명이 넘는 자들을 정면으로 상대할 수는 없다.

그렇다고 살수의 기술을 배운 것도 아니니 암습을 할 수도 없는 일이고. 이 정도의 성과를 낸 것만 하더라도 보통을 넘는 성과인 것이다.

"이제부터 시작이군요. 새로운 장의 시작."

그의 말이 끝나자마자 도르래를 타고 내려 온 산적들 중 스물 정도가 고통을 호소한다. 열흘간 도르래를 통해 아무도 다니지 않는 사이 왕정이 새롭게 설치해 놓은 독 함정이다.

이번에는 섞여야만 발동을 하는 혼합독과는 다르게 바로 발동을 한다. 덕분에 위력은 좀 떨어져도 효과는 있었다.

무려 스물. 오분지 일 정도가 순식간에 전투 불능에 다다른 거니까.

"독공의 고수가 있다. 모두 조심하도록 해!"

뒤늦게서야 수습을 하려는 자들을 보고 왕정이 한숨을 내쉰다.

"그래 봐야 늦었지. 이럴 줄 알았으면 함정을 더 설치할 걸 그랬지요?"

—확실히 독공과 사냥꾼의 함정을 합하는 방법은 효과가 크구나.

"예. 그러라고 발전한 함정에다가 그 위력을 강화시키는 독을 넣은 거니까요."

왕정이 말을 끝마치자마자 자리하고 있던 곳에서 다른 곳으로 움직이기 시작한다.

독이 제대로 활약을 해주는 것은 이것으로 끝이라고 할 수 있으니 이제부터는 사냥꾼의 방식으로 사냥을 하기로 마음먹은 것이다.

*　　*　　*

쉬이익.

"크악. 화살이다!"

한 발에 하나. 독공의 고수이면서도 활까지 다룰 줄 아는 것인지 놈은 독 바른 화살을 통해서 자신들의 수를 착실히 줄여 나갔다.

탐색을 하고 뭘 할 것도 없이 시간이 지날 때마다 산적들의 수는 계속해서 줄고 있는 것이다.

"크흠…… 모두 모였나?"

"그렇수다."

"모인 수는?"

"우리 포합해서 서른여섯이오. 다 죽거나 전투불능이고."

"서른 여섯이라……."

한 달 전까지만 하더라도 이천에 가깝던 수를 유지하던 산채치고는 너무도 초라한 수가 아닌가.

산채의 수를 불리는 거야 시간만 있으면 언제고 가능하기야 하겠지만, 이런 식으로 당해서는 자신들로서도 당할 수도 있다.

"활을 쓴다."

"아무래도 놈은 독공의 고수가 아니라 독을 구해서 푼 거 같수다."

첫째 길산이 동의를 하는 건지 고개를 끄덕인다. 억측이다. 그들의 상대인 왕정은 독공을 익히고 사냥꾼의 기술도 함께 익힌 자다. 무인이자 사냥꾼인 거다.

하지만 그런 경우는 무림인이 다 되어버린 황천군으로서는 생각지 못한 것인지, 다들 동의만을 표하고 있을 뿐이다.

"차라리 뜬다. 애들 데리고 다시 모으면 수를 불리는 건 금방일 거다."

"함정은 어쩌우?"

"……."

독도 문제지만 함정도 문제다. 놈은 어디서 구했을지 모를 강한 독을 이용하는 것은 물론이고 함정도 설치해 놨다.

자신들의 영역이라고 생각했던 숲에 이런 식으로 많은 함정이 있을 줄은 정말 상상도하지 못했다.

그렇다고 본래 다니던 길로 다니자니, 그곳에는 독이 있다.

'우리가 죽인 양민들 중에 뛰어난 사냥꾼의 가족들이 있었던 건가…….'

왜 그런 이야기는 흔하지 않은가. 사냥을 나섰던 사냥꾼이 죽어 있는 자신들의 가족을 보고 복수를 위해 물불 가리지 않는 이야기 같은 것들.

양민들 사이에서는 희망적인 이야기고, 직접 당하는 산적들의 입장에서는 짜증 나는 일이기도 하다.

하지만 이번 일은 짜증 나는 정도의 일의 수준을 뛰어넘었다. 그 규모가 굉장히 크다. 산채가 해산된 것이나 마찬가지니까.

"함정이 있다 해도 돌파를 하는 수밖에. 어떻게든 이곳만 빠져나가면 된다. 움직이자."

"휴우. 알겠수다."

처음에는 식량에 담긴 독에 중독된 것으로 오해를 했다. 두 번째는 독공의 고수가 자신들을 노린다고 생각을 했고. 벌써 두 가지 억측을 한 것이다.

그리고 이들은 마지막으로 잘못된 결론을 내렸다.

이곳만 빠져나가게 되면 살아남을 수 있을 거라 여긴 거다. 어떻게든 다시 산채를 재건할 수 있다고 생각한 것이 패인이다.

그들을 노리는 사신이 된 왕정은 이들 중에서 단 하나도 살려둘 생각을 하고 있지 않았으니까.

*　　　*　　　*

그들이 빠져나가기로 마음을 먹은 그 이튿날.

그 욕심은 어찌하지 못한 것인지 그들은 산채로 돌아가 챙길 것은 다 챙긴 무거운 몸으로 움직이기 시작했다.

그런 무거운 몸도 감당할 수 있는 것일까?

미처 숨겨진 올무를 발견하지 못한 산적 중 하나가 올무에 걸린 채로 공중으로 푹하고 떠오른다!

"아아아악. 미치인!"

퍼어어억.

원시적인 함정이지만 그 효과는 확실했다. 괴성을 내지르던 산적들 중 하나가 나무에 그대로 부딪친 채로 온 뼈가 부러졌으니까.

당장 죽지는 않아도 이대로 두면 성히 있을 수는 없을 부상이다.

"가자."

제대로 된 주종관계라면 챙겼을지도 모르겠다.

하지만 황천군이 괜히 황천군인가. 본디부터 가지고 있던 잔혹함에 더해서 마공에 의해 미쳐 버리기까지 한 그들은 인정이 없었다.

얼마전까지만 하더라도 한솥밥을 먹던, 또한 앞으로도 함께 산채를 세우려고 데려왔던 산적의 부상에도 그저 발길을 옮길 뿐이었다.

어쩌면 그게 패착이 되었을지도 모른다.

쉬이이이익.

"큭."

화살에 목숨을 잃는 것은 이미 많이 벌어진 일. 놈을 잡으려고 따라가게 되면 함정이 또다시 기다리니 따라가기도 여의치 않다.

"큽…… 가시."

미리 지나가는 곳에 있는 작은 함정들은 차분하게 산적들과 황천군을 숲에 고립시키고, 고갈시켜 갔다.

빠져나가 새로운 산채를 만들어 내겠다는 희망은 이미 멀어질 대로 멀어진 상태.

며칠 동안이나 산채 밖에서 끊임없이 함정과 화살에 당하고 있는 산적들과 황천군들은 그대로 지쳐갈 뿐이었다.

"저 황천군이란 놈들은 아무리 당해도 쌩쌩하네요?"

―수하들을 방패막이로 쓰고 있지 않느냐. 거기다 절정으로 보이는 놈들만 셋이다. 다섯은 일류 끄트머리고.

"정식으로 상대해서는 힘들겠군요. 뭐, 시간이야 많으니까요."

그의 말대로 시간은 그의 편이다. 함정을 깔고 미리 탐색을 해 놓은 이곳은 이미 그의 영역이나 마찬가지인 터.

오랜만에 사냥꾼의 본능을 한껏 발휘하고 있는 왕정은 그렇게 착실히 적의 수를 줄여 나갔다.

그런 결과에 결국 더 미쳐버릴 수밖에 없는 것일까?

"으아아아아아아! 이 미친……! 모습을 드러내란 말이다!"

"드러내라고!"

마공에 의해 성질이 폭급하기까지 한 황천군들은 결국에 노성을 터뜨렸다. 이 상태로 계속 당하기만 해서야 죽는 것밖에는 방법이 없을 정도였으니까!

"돌파한다!"

결국 그들은 조심스레 몸을 움직이기 시작하기보다는 돌파를 선택했다.

함께 재물을 챙겨온 산적들과 움직이고 뭐고 간에 일단 이 미친 숲에서부터 빠져나가기로 마음먹은 것이다.

"모든 것은 원했던 대로……."

그런 그들을 바라보던 왕정이 저들의 뒤를 따라가기 시작했다.

*　　*　　*

피라미나 다름없는 산적들은 애당초 필요도 없었다. 그들이야 나중에 따라가서 처리하면 되는 것이다.

자신이 처리를 해야 하는 것은 이미 광기에 젖을 대로 젖어버린 황천군들이다.

그들은 함정을 돌파하면서 이곳저곳을 다친 것인지 멀쩡해 보이는 곳이 하나도 없었다. 하지만 그 속을 살펴보자면 큰 상처는 대부분 피한 상태였다.

어떻게든 불구만 되지 않게 몸을 보호하면서 숲을 통과해 나온 것이다.

"너, 너냐!"

말수가 없는 것이 특징인 첫째 길산이 드디어 모습을 드러낸 왕정을 보고 소리친다. 지금 자신들 앞에 모습을 드러낼 자는 자신들을 노린 자밖에 없다는 태도다.

"흐음……."

그런 첫째를 무시한 채로 왕정은 상황을 살펴보고 있었다. 마지막 대결이 일어나기 전 자신이 만든 환경을 점검하는 것이다.

"으아아아. 뒤져 버려!"

일곱째인 철산이 그 폭급한 성질을 이기지 못하고 달려든다. 왕정만 죽이면 모든 게 끝난다는 태도다.

하지만.

퍼어어어억!

절정에 이른 그가 왕정이 미리 만들어 놓은 함정에 빠지는 것은 순간이었다. 약 반 장 정도의 깊이. 절정 고수라면 금방 뛰어 넘을 수 있는 함정이다.

"크으윽."

문제는 독!

자신이 가진 무기 중에 가장 강한 무기라 할 수 있는 독을 활용할 줄 아는 왕정은 함정에 독을 발라 놓았다.

　그동안은 그들이 함정을 돌파하는 동안 어떻게든 독을 버텨냈을지 몰라도 이제부터는 아니다.

　지금 이곳은 자신이 만들어 낸 영역이고, 자신이 준비할 수 있는 가장 강한 독들을 풀어 놓은 곳이니까.

　이곳은 자신의 독지다.

　"오시지요."

　쉬이이이익. 터억.

　전투의 시작을 알리는 왕정의 화살을 첫째인 길산이 쳐 낸다. 절정에 이른 안목을 이용하며 화살촉의 독을 피해서 화살을 쳐낸 것이다.

　하지만 왕정은 그런 상황에도 불구하고 계속해서 화살을 날려댄다. 첫째가 안 되면 둘째에게로, 둘째가 안 되면 셋째에게로!

　쉬이이익. 터억. 쉬이이익. 터억.

　"이따위 것!"

　쉬이이이익. 터억.

　"그깟 화살 독만 아니면 별거…… 윽!"

　이번에는 독을 화살촉에 묻혀둔 게 아니었다. 그들이 쳐내는 화살대에 독을 바라 놓은 왕정이다.

화살촉에만 독을 발라 놓았을 거라는 그들의 심리를 역이용한 것이다. 이것으로 남은 황천군은 여섯.

절정이었던 둘이 당했다. 이 또한 절정의 실력을 알아본 왕정이 미리 절정들만 노리고 나온 결과다.

일류에 속해 있던 나머지 다섯이야 어차피 왕정의 영역에서 제대로 움직이지도 못한다. 모든 상황이 왕정이 그린 대로 나아가고 있었다.

"자아, 어서 오시지요."

그때부터다. 왕정의 목소리가 그들에게 사신의 목소리로 들린 것은.

그가 다시금 평온한 표정을 유지한 채로 활에 시위를 메긴다. 다음을 노리는 태도다. 첫째? 아니면 둘째? 독에 중독되어 내공으로 조절하고 있는 셋째?

쉬이이익.

그들이 화살을 쳐낼 생각도 못 한 채로 피한다.

"달려들어! 한 번이면 된다! 그깟 사냥꾼 따위!"

결국 사신의 공포를 이겨내지 못한 건지 첫째 길산이 가장 선두에서 달려들기 시작한다. 나머지 황천군들도 달려드는 것은 당연한 일!

어떻게든 사냥꾼인 왕정만 처리를 하면 그때부터 살길이 열린다고 생각하는 태도다.

'웃기네.'

그가 일반적인 사냥꾼이었다면, 또한 보통의 무인이었다면 지금의 상황은 분명 힘든 상황일 수도 있다!

지쳤다지만 일류에 이른 다섯과 절정 하나를 상대하는 것은 분명 이제 절정에 오른 왕정에게 쉬운 일은 아닐 테니까.

하지만.

푸슉!

"젠 자아아아아앙!"

미리 설치해 놓은 독에 일류에 이른 막내가 당한다. 주의해도 걸릴 함정에 어거지로 달려드니 걸릴 수밖에 없는 거다.

남은 이는 다섯.

"큭……!"

다시 함정에 걸려서 넷!

쉬이이익. 쉬이익!

강해진 힘을 바탕으로 날리는 왕정의 화살에 당해 무너지는 자를 추가하여 남은 것은 셋!

그들과 왕정의 거리가 삼 장 정도 남았을 때는 일류 둘과 절정인 첫째만이 남아 있었다.

"네 놈…… 크으…… 죽어라!"

"죽어버리라고! 크캬!"

공포에 질려서 미쳐버린, 아니 그 이전에 피에 흠뻑 젖어 미쳐버린 나머지 셋의 황천군은 왕정을 죽일 수 있을 거라 생각했다.

그들의 애병인 창을 한 번만 휘두르면 사냥꾼인 왕정을 쉬이 죽일 수 있을 거라 여긴 것이다.

하지만 그는 이미 무인이기도 하지 않는가.

"흐. 무인답게 싸울 때도 있어야겠지요."

—아무렴. 왼쪽이다. 약한 일류부터 노리는 것이 우선이지.

두 노손이 적을 살한다는 하나의 의지에 맞춰 춤을 추기 시작한다. 그의 손에서는 이미 녹색빛이 어리며 독기가 흩뿌려지고 있는 것은 당연한 일!

"도, 독공?"

"죽어요."

푸우우욱.

창을 피해 복부에 박아넣은 그의 손에 황천군 중 하나가 무너진다.

"에이이이잇!"

남은 하나가 형제가 가까이에 있든 없든 창을 박아 넣지만. 터억! 순식간에 창을 잡아채고는 그를 이용해서 거리를 좁힌 왕정이 다시 한 방을 메겨 넣는다.

"남은 것은 하나."

"네, 네놈!"

창기인가? 첫째인 길산의 창에는 창기가 맺혀 있었다. 절정에 이르렀기에 기를 형상화 해낸 것이다.

하지만 이미 왕정과의 거리가 가까워지는 순간, 아니 그가 이곳 왕정의 영역에 들어선 순간 그에게 허락된 것은 죽음뿐이었다.

미리 그려놓은 그림처럼 왕정이 무언가에 홀리듯 길산의 창을 피해서 그의 품에 파고든다.

"가세요."

퍼어어어어어억!

그의 갈비뼈가 아작 나서 부러지며 온몸에 독기가 퍼지기 시작한다. 절정의 고수라도 버텨내기 힘든 독기가!

독협으로서 첫 행보를 시작한 왕정의 전투가 그렇게 끝을 맺었다.

〈다음 권에 계속〉

魔劍王

마검왕

나민채 퓨전무협 장편소설

PUSION ORIENTAL FANTASY STORY

『죽지 않는 무림지존』, 『천자를 먹다』
베스트 셀러 작가 나민채의 신작!

강호와 현실을 자유롭게 넘나들며 벌이는 스펙터클한 퓨전 무협

강호의 마교 소교주, 현실의 고등학생이라는 두개의 삶.
나를 다른 세상으로 부른 흑천마검에는 놀라운 비밀이 숨어 있다!

★ dream books
드림북스

呪術王

주술왕

光

王

재신 신무협 장편소설

ORIENTAL FANTASY STORY & ADVENTURE

하늘과 땅 사이의 인간들을 하나로 이어 주며
주(呪)의 명맥을 지키는 자.
천하를 구하려 태산과도 같은 업장을 진 주술사가 움직인다.

dream
books
드림북스